陆小曼传

张庆龙 著

Luxiaoman
Zhuan

云遗惠在
夫不过陆小曼

江苏凤凰美术出版社
全国百佳图书出版单位

自 序

一个是阆苑仙葩,

一个是美玉无瑕。

若说没奇缘,

今生偏又遇着他;

若说有奇缘,

如何心事终虚化?

一个枉自嗟呀,

一个空劳牵挂。

一个是水中月,

一个是镜中花。

想眼中能有多少泪珠儿,

怎禁得秋流到冬尽,

春流到夏!

西方灵河岸上三生石畔,有绛珠草一株,时有赤瑕宫神瑛侍者,日以甘露灌溉,这绛珠草始得久延岁月。后来既受天地精华,复得雨露滋养,遂得脱却草胎木质,得换人形,仅修成个女体,终日游于离恨天外,饥则食蜜青果为膳,渴则饮灌愁海水为汤。只因尚未酬报灌溉之德,故其五内便郁结着一段缠绵不尽之意。恰近日这神瑛侍者凡心偶炽，乘此昌明太平朝世，意欲下凡造历幻缘，已在警幻仙子案前挂了号。警幻亦曾问及，灌溉之情未偿，趁此倒可了结的。那绛珠仙子道："他是甘露之惠，我并无此水可还。他既下世为人，我也去下世为人，但把我一生所有的眼泪还他，也偿还得过他了。"但凡仙人，也有凡心萌动的刹那间，何不人间走一遭？于是有人大胆，有人便无怨无悔地跟随，一同坠入这泥作的人世，又因因果轮回的塑造，他作了痴情公子贾宝玉，她是泪珠儿挂满腮边的林黛玉，他们在天上本有一段出世的仙缘，注定会在人世间再续，纠葛，牵绊。这是曹雪芹呕心沥血创作而成的《红楼梦》，上下五千年的巨匠之作，故事心酸，多少人为之心动，而更多的是无可奈何的心疼。有人说，曾经也有这么一位女子，她是坠入凡间的仙子，就像绛珠草追随神瑛侍者一般的执著，为爱人走进红尘俗世。她是民国一代传奇女子——陆小曼。

　　生于农历九月十九日这一天的陆小曼，在父母眼里，她的降临如"小观音"转世，让这个子嗣单薄的家庭有了幸福的欢声笑语。小小曼肤色晶莹白皙，眉眼弯弯，一抹似蹙似非的淡淡烟云，撇下清澈一弯水湄，灵动自由地波澜着，小嘴角微翘，悬上鼻架撑起的不光是端正秀丽，更是近似青莲濯濯的仪容，如雏荷高洁出尘。这般模样，从小就是美人坯子。她是父母捧在掌心上的一颗璀璨明珠，注定了不平凡的生命绽放，或如夏花炫丽，或似春绿肆意，披一身秋红，那便是一个浪漫的枫林，叶子一片片随风而舞，摇曳着优美的滑翔姿态。

　　"飞扬，飞扬，飞扬……

　　啊，她身上有朱砂梅的清香！"

　　她是雪中的朱砂梅，快乐地飞扬、舞蹈。

　　人说，仙人都要历经各种各样的劫难磨砺，修炼人间疾苦，饱受爱恨情仇。"小观音"陆小曼的一生，光耀璀璨，她是外交翻译官，坦荡直率，却又游刃有余。她是社会名媛，有惊艳四座的招展魅力，却又似一幅水墨江南的清静流韵。她是一代画家,师承著名国手,注定她画艺非凡。她是民国时期轰动京城和上海滩的一朵奇葩。她的爱情故事抒写的一页页篇章,比生命里的任何一笔都来得直接、痛快。

她是高官之女,嘴含金勺子出生。她是将军之妻,荣光簪在高髻上。叛逆的她,最后成了诗人的妻。

她不要牢笼,不要违背自己的心。她敢爱敢恨,也敢于冲破束缚。她不是思想上的巨人,行动上的矮子。她一直和命运做斗争,同自己作斗争,和社会的规矩方圆作斗争。她是时代的叛逆者,是婚姻阵地上突破防线的先锋,举起了一面独立旗帜。

陆小曼烈如焰火,灿烂星辰。她行云流水时更知进退,大苦大悲时也曾在迷失中撕心裂肺,但不放弃,刚亦可为理想粉身碎骨。她集万千宠爱于一身,如一树花开中最挺拔最俏丽的那一朵,姿态高雅,清香余绕。

胡适说:"陆小曼是一道不可不看的风景。"他也为她倾倒着迷过。

在爱人眼里,"她一双眼睛也在说话,睛光里荡起,心泉的秘密。"诗人的笔下,她更加婀娜明媚,徐志摩总能发现她与众不同的别致美好。

她的老师刘海粟一直认为"陆小曼的旧诗清新俏丽,文章蕴藉婉约,绘画颇见宋人院本的常规,是一代才女,旷世佳人。"大师的评价不谓不高。

小曼小巧玲珑,宛若江南佳人,有小桥流水般的细细流韵精致。

郁达夫说:"小曼是一位曾振动20世纪20年代中国文艺界的普罗米修斯。"她有无人匹敌的魅力。

陆小曼如一株摇红,在繁花似锦里独树一帜。她和她的爱情花,一直鲜艳夺目。

半累烟云遗惠在　最美不过陆小曼

谁让桃花踩着月色

悄然爬上枝头，盛开在我古老的庭院

看那，最小的那朵花蕾

半开半闭，灵动羞涩

欲言又止，眉目含情

那一定就是你了，搂着传奇

在我的梦境里歌唱着苏醒

你是乘着春风来的，来看我

那就尽情绽放吧

热烈些，再热烈些

牵引着我从融化的雪地里

摆脱泥泞，热情地奔向你

你看，我的脚步是多么的欢快啊

睁开你的双眼，好吗

让我在黑白分明的眸子里

找到我的黑夜和白昼

让我在你缤纷的笑颜里

看到未来，看到梦里的爱情花

【目录】

第一卷　红尘有你
第一章　盛　开·005
第二章　聪　慧·010
第三章　光　华·016
第四章　望　风·021
第五章　承　爱·027

第二卷　这样写你
第一章　有　女·035
第二章　订　婚·040
第三章　繁　花·045
第四章　迷　惘·051
第五章　脱　轨·055

第三卷　倾城之约
第一章　变　故·063
第二章　告　白·069
第三章　流　言·076
第四章　分　离·081
第五章　成　全·087

第四卷　繁华盛开

第一章　如　愿·097

第二章　证　询·103

第三章　插　曲·109

第四章　祝　福·115

第五章　家　规·120

第五卷　北雁南飞

第一章　守　密·127

第二章　拯　救·133

第三章　底　线·139

第四章　北　漂·145

第五章　距　离·151

第六卷　往事如烟

第一章　流　言·159

第二章　陨　落·165

第三章　永　别·172

第四章　背　影·178

第五章　回　首·186

第七卷　芳华隽永

第一章　素　写·195

第二章　飞　扬·201

第三章　秋　叶·205

陆小曼年表及事件·211

第一卷 Chapter · 01
红尘有你

1

把白天还给誓言,在黑夜种植大量的光明树

把高耸楼宇棱角分明的侧面还给你

让雨后的彩虹为我们架桥,让喜鹊衔来玫瑰送你

我还是安于在黑夜,用诗歌装点只属于我的星空

破落的墙壁映不出成双成对的身影

当时间的声音在寂静中清晰走动

我经过深邃夜空的思想如流星一般短暂

前世的天堂,我到底犯了什么错

让我今生这个红尘,沉沦如斯

2

不止一次梦见你,我携你的手出走

离开这个城市,寻找另一种心跳的节奏

寻找花朵次第开放的暗香和清泉细碎潺潺的妙音

月光底下的舞蹈重新出现

通过你的手臂,你的腰身

将生命的节奏舒展成自由的律动

我对着过往的光阴说再见

流动的将是今天的你我

冷漠的心灵之冰融化在一条纯洁的河流中

我加入到爱情队伍里,我不想被你遗忘

或者,你根本就一直是我生命的最重

3

在爱淡化成落叶之时

我的手指在这些桥栏连接的树木之间搜寻

抚摸夜里之花在白霜与月光中孕育

喧嚣的尘世,起伏的谣言

爱在哪里才可以携手而行

在哪一片柔和灯影下才可以相依相偎

幸好的是，我的天地间还有你

让一个寒冷又一个寒冷，在牵手间

在转瞬间，成为温暖

因为梦与爱不能忘记一路的风雨

红尘有你

红尘有你

第一章
盛　开

她是一个宠儿，她是陆定和吴曼华唯一的孩子。观音华诞日出生的她，如深秋沉甸甸的一颗饱满果实，给家庭带来了无限希望和欢笑。

1903年9月19日，在上海市孔家弄，这个被称为"小观音"的女孩降世了，她的肌肤似雪，眉眼纤柔，如水般的玲珑讨巧，家人赐了小名"眉"，又呼"小眉"或"小龙"，这深情呢哝的爱称，足可从中窥探出小女孩的长相，绝对有不一般的美好。这女孩就是民国时期叱咤风云的一代才女——陆小曼。

吴曼华生了九个孩子，只有陆小曼活下来了。所以，她是一个金贵的孩子，小时候本多病体弱，又是独苗的她，家人顺理成章地宠，宠字下面的一个"小龙"，当然是有蜜罐泡着，被人无微不至地照顾关怀着，可以自由放肆地淘气着。千方百计地满足孩子，能办到的，陆定和吴曼华绝不会拒绝和阻挡。天性有号召气质的陆小曼，便成了玩伴们的领袖人物，她总会有法子变着花样，寻新鲜、刺激而特别的游戏玩耍。从小就有呼风唤雨的本领，在她幼年的词典里，没有一个叫"挫折"的词存在，也没有什么抵触的人事，一切如意、丰顺。世界在她眼里是美好的，也是广阔的，有鲜花、草坪、果子、朋友……

她似一匹放纵的小马驹，野性，刚烈。如果这匹小马驹有颜色，那么一定是大红的光泽透亮，耀眼而夺目，充满了魔性一般的魅力。我行我素，做事高亢，不受约束的性子，时常会惹出些祸事来，常常是陆定一脸恨铁不成钢的生气模样，很是无奈，偶尔他也会动手，巴掌上火时不得不打几下以示惩戒。母亲吴曼华倒是清风细雨，说教为主，看见丈夫对女儿的敲打，难免会生疼保护。这夫妻二人黑脸和红脸把戏，并不是彩排好了的，都是即兴的上演。陆小曼是小孩子，小孩子有小孩子的调皮时期，不是大人们说是或不是就能改变和扭转的，错误常犯，再犯，一点点的心性爆发后，慢慢地，陆小曼也在长高，长大。孩子醒事，或许就是在那么一瞬间完成的。

陆小曼的成长就如一只蝴蝶，在漫长的蛹道里，必定会经过瞎撞瞎胡闹的过程，当有一天破茧而出时，翅翼便全是斑斓的色彩，透明却坚毅，不断地颤动生命之姿，振翅高飞。

陆定能给女儿的天空，很大很辽远，这是他自身的能力就能决定的方向和高度。

陆小曼祖籍江苏常州。常州是一座历史文化名城，素有"三吴重镇"、"八邑名都"的美誉。陆小曼的祖先原在常州的樟村。清咸丰、同治年间，陆小曼祖父陆荣昌因避"长毛"（即太平天国）之乱，迁居到了上海。陆小曼父亲陆子福（1873－1930），字厚生，因他少时聪慧，每考必中，长辈因此替他改名为陆定。陆定，又字静安，号建三,晚清举人,毕业于日本早稻田大学,是日本名相伊藤博文的得意弟子。在日本留学期间,参加了孙中山先生的同盟会。民国初年袁世凯任大总统时,曾下令逮捕陆定和其他很多同盟会会员。国民党南京政府成立后,陆定经同乡翰林汪洵之推荐入度支部(后为财政部)供职,历任司长、参事、赋税司长等二十余年,是国民党员,也是中华储蓄银行的主要创办人。陆定才学非凡,一度担任贝子贝勒学校的教师,专门教授这些王孙贵族写文章。生在这样的富贵之家,陆小曼何来忧愁?她比"绛珠草"林黛玉不知幸福多少倍。她是父母膝下胆大妄为的孩子,可以自由飞翔不看任何人脸色。小曼的名字,一听就和母亲吴曼华名字有关联,都有一个"曼"字,或许是陆定夫妻俩对此字情有独钟,有不可外传的浪漫寓意在里面也不是不可能的。吴曼华是大家闺秀,小名梅寿,她是常州白马三司徒中丞第吴耔禾的长女,上祖吴光悦,做过清代江西巡抚。吴曼华多才多艺,对古文有较深功底,更擅长一手工笔画,是一位博学的知识女性,陆小曼嗜画,受其母亲影响至深。

陆小曼的童年是在上海幼稚园度过的。6岁随父母赴京,7岁时进入北平女子师范大学附属小学读书。9岁至14岁,她是在北平女子中学度过的童年。15岁那年,陆小曼转入了北平圣心学堂,也在同年,陆定专门请了一位英国女教师教授她英文。

陆小曼小时候很调皮,读书功夫自然没下够,功课好坏一时也看不出一个所以然。孩子在小学时,都是玩耍的居多,况且她还是猴子的脾气,上下跳跃着,根本静不下来念"之乎者也",到了圣心学堂,她的聪慧才真正得以体现。

勤奋，好学，聪明，这样的孩子，学不好知识是不可能的。陆小曼学外语，十六七岁已通英、法两国语言，这为她后来的外交翻译工作打下了坚实的基础。她还兼学钢琴，一般名门贵族的子女，条件都非常好，家里便会捡一两样能体现淑女气质的特长来培养，钢琴既高雅浪漫，又能练习心性，首当其冲便是再自然不过了。如同民国名女子张爱玲、林徽因，才女们都有习练钢琴的经历。当然，琴棋书画是相互贯通的，这些才女，除了通晓乐理，大都又擅长绘画，林徽因暂且不说，这是她的专长。像张爱玲，后来的三毛、席慕容，就更不用说了。这些优秀的文学家，她们的另一面都是面面俱到的全才，确实难得，这也说明一点，文艺不分家，永远都是一个路子里的分支，一人多才则不足为奇了。当然，陆小曼的绘画，是专业的，她是刘海栗、陈半丁、贺天健等名家的嫡传弟子，晚年被聘为上海中国画院专业画师，上海美术家协会会员。学生时代的陆小曼，才华出众，含苞待放，有南方姑娘的俏丽聪慧，又有北平女孩的秀美端庄，如一朵娇艳的蓓蕾含苞待放。学校里，都称她为"皇后"，她是许多少男少女心中的崇拜偶像，引得不少"粉丝"一直追随。从中国学生到外国学生，从学校到剧院、公园，从本校到外校，她都是年轻人聚焦的焦点，魅力十足。

陆小曼的才貌出众，仙子般的气质，天生惹得有情人的遐思。她的美好，除了外表的落落出尘，更重要的是率性而为的性子，活脱脱的男儿样子，敢作敢为。她是天使，也如"魔鬼"般调皮捣蛋，天上是她的，地下更是她放肆的地盘。好孩子、坏孩子的面孔，一左一右的黑白张弛，让人不由自主地为其吸引。

众里寻他千百度,那人却在灯火阑珊处。

走进陆小曼,走进她的世界,就会真正地懂得果敢,坚决,生动,活泼的含义所在。

她就是这么让人流连忘返的一个女子。

读她,欲罢不能。

第二章
聪　慧

　　机智、讨巧、随机应变的处事能力，少年陆小曼表现得淋漓尽致，她又有可与成人媲美的智慧和沉着。

　　在陆小曼九岁那年，当权的袁世凯政府下令解散国民党，对国民党议员进行拉网式的清理，派出军警没收这些重要政治人物的证件和证章等，陆定是名单上的人员之一。一时间，京城风声颇紧，到处弥漫着一种窒息的气氛，有关联的人都谨慎着，保守着，不想成为明显的目标牵涉其中，这是时局艰险的无奈与不二选择。保护好自己，才能更好地保护组织和他人。一天早晨，陆定依旧去上班，刚要出门，陆小曼拉住父亲说："爸爸，现在都什么时候了，还把证件带在身上，多危险啊！还是摘下来藏好吧。"陆定听了女儿的话，觉得非常有道理，便将能证明国民议员身份的所有证件和证章藏好了。不出所料，当天，陆定就被军警传唤问话，因为早做了心理准备，一切对答如流，没有破绽被抓住，于是安然无恙地逃过了一劫。军警们兵分两路，一面心理突破，一面寻找证据，他们跑来陆小曼家，巧妙地笑问小曼知不知道父亲的有关证章在哪儿。他们想，一个不到十岁的孩子，肯定很好蒙住，套出真话的可能性很大。岂料小曼不慌也不忙地一一作答，没有一丝一毫的慌乱，所有问题都很淡定地被她一招一式间轻松化解。这种从容的应对智慧，谁也不相信，竟然是一个小女孩。镇定，沉稳，天大的事也能扛下的气概，不得不令人刮目相看。陆小曼是母亲的"小观音"，她也是父亲的大福星。陆定夫妇因有陆小曼这样才情出众的女儿，在北平那个政治圈里觉得很骄傲、自豪。吾家有女初成长，还未真正成年，陆小曼的精彩人生就拔得头筹，少有的光鲜，这一切的名气，自然不是靠吹嘘和传说造就的。

因时局和工作需要，北洋政府外交总长顾维钧要圣心学堂推荐一名精通英语和法语，又年轻美貌的姑娘去外交部参加接待外国使节的工作，陆小曼理所当然成了被挑选的对象之一。圣心学堂的"皇后"不是浪得虚名的，美丽自不说，就拿对英语和法语的熟稔程度，陆小曼是当仁不让的翘楚。陆定确实有眼光和远见，当然也需要陆小曼自身的资质和领悟力，才可能短短两年时间里就达到了做翻译官的外语水平。孩子的培养，父母们常常走入一种误区，略带有逼迫性的、填鸭式的，不分重点的教育模式。陆定能因材施教，从孩子的兴趣爱好入手，可谓真正懂教育之人。功夫不负有心人，这次可遇不可求的大好机会，陆小曼凭借自己的优秀，脱颖而出争取到了难得的锻炼契机。陆定夫妇也非常赞成女儿的决定，让她自由地在这个更大的舞台上展翅飞翔。

外交部是一个什么样的部门，从我们今天的眼光来审视，重要性大得不能用普通人的思维来衡量。接待外宾，担任中外人员的口语翻译，这种场合有时会在舞会上，有时会在晚宴上，包括听书看戏这类场面里，陆小曼都会被邀请参加翻译工作。陆小曼热情大方、能歌善舞、彬彬有礼，一脸明媚的笑容，体态轻盈自如，加上声线极富磁性的柔美，很快地，就引得北平社交圈刮目相看，18 岁的陆小曼闻名起来，成了北平城一道不可不看的靓丽风景线，备受各界瞩目。

陆小曼小名"小龙"，龙在中国，有着不一样的寓意，龙行天下，龙注定张扬无羁。龙能翻江倒海，能呼风唤雨，能上天入地，总之，龙无所不能。"小龙"陆小曼，小时候就是这般游戏人间的模样，好动时是"魔"，没人能管得住她恣意妄为的闹腾，安静时是"神"，全然一副淑女的娇柔娴雅，风情万千，似江南女儿，有种像雾像雨又像风的捉摸不透，让人心生探究的向往。

民国时期时局动荡，社会飘摇，一个初出茅庐的女孩子，要游走在外交场合上，且不说有无经验的积累，就当时中国的国情，就很容易在场面上受到外国人的蔑视，甚至出言不逊的尴尬。但是陆小曼则不同，她从小就随父母出席各种各样的大小聚会、宴会，见过许多大场面，大人物，见多识广，行事处世大方得体，举手投足间温润着大家闺秀的温文尔雅。因此，在处理应对外交翻译时，她不会像普通女孩一般畏畏缩缩，如同温室里长出来的花朵，天性中也有一种挡不住的野性风情，锋芒随遇绽放，又不至于灼烧人。她有这胆魄，有机智的头脑，有应变的策略，硬是能在众多复杂的情形下，完美地处理好了各种急迫又棘手的事情。有一次，法国的霞飞将军见中国的仪仗队动作凌乱，很不以为然，严重怀疑中国的练兵方法。小曼听了，笑说："因为您是当今世界上有名的英雄，大家见到您不由得激动，所以动作无法整齐。"既挽回了局面，又奉承了来使，一石二鸟。小曼就是这么敢说敢作敢为，不阿谀奉承，不折腰呼"好"，在不失礼节的情况下，能非常有技巧地将刻意刁难的问题化为乌有。她自尊心强，不容外人辱我中华。但她从不硬碰硬，她知道社交的轨迹，需要机智，往往是一条曲线，绕过最险恶的滩涂，才能抵达理想的目的地。

在三年的外交翻译生涯中，陆小曼表现非常出色，屡屡显示出了机智、勇敢、爱国的一面，不愧为中华铿锵玫瑰，巾帼不让须眉。其实翻译工作不仅仅是要把对方的话译出来，还要随机应变，对付那些随时可能拐弯抹角的轻视乃至刁难，把控局面，引导方向，将可能发生的不愉快消灭在萌芽状态，保护中外宾主间对话积极畅通。小曼是北洋外交史上最靓丽的绯红，似一朵朱砂梅，聘婷立于风雪中，不屈不挠地伸展生命的华章。

陆小曼外秀内刚，聪慧过人，特别是在少年时期，芬芳吐露，有颠倒众生的魔力。聪慧之人，一般都有一些骄傲自负的因子，对于世间万物，一点灵犀就通了，自然，就会疏于勤奋，通病如此，小曼也不例外。

小曼的博学、多才，一直被外人所称道，这也是她成名的根本。再会交际出众的人物，没有真才实学，都不会受到他人的尊敬和推崇。陆小曼肯定与众不同。

除了绘画，高级知识分子家庭出身的她，文学造诣同样是非常深厚的。只是，少年时期并未真正地显示出来。也许是爱好太多，没有专于此，也许是没有一个引导的人或者契机，又或者因才貌双绝，都忽略了她后来才真正展示出来了的这个特长。陆小曼留下的十多首旧体诗歌，足见功底浑厚。

肠断人琴感未消，

此心久已寄云峤。

年来更识荒寒味，

写到湖山总寂寥。

——《癸酉清明回石夹扫墓有感》

诗情的迸发，一般都有因由的牵引。有文笔底子，也需要一种心境，才能适时表达出来。诗歌有时是激发出来的，上述作品告诉我们，这，毫无疑问。

陆小曼少年时写的文字不多，青年时在与徐志摩恋爱后，互通音容向往，倒是有很大激发，促进了对文学的修养，只不过，也是游戏之作，算不上爱好。真正让她有对文学的探索，是在徐志摩去世后，她想为徐志摩做一些事情，纪念自己的亡夫，将徐志摩的才情传递热爱文学的每一个人。那时候，万念俱灰的陆小曼才一点点地进入文学领域，她写的一些序言或者日记，有人说直逼徐志摩的风采，只是，这样一位聪明的人，没有了一起吟哦的爱人，注定光彩有限，但她一点就通的才气是不容置疑的。

第三章
光　华

　　陆小曼一生得到的宠爱和褒奖，很少女人能及。

　　陆小曼生平所遭遇的唾弃、谩骂、贬低，也无以复加地成为了市井中的谈资。

　　知她者，说好，说她虽万丈光芒，却人淡如菊，心似柔水，骨子里没有半分的虚假倨傲作祟。

　　到底怎样的一个她，会有如此极端的两样境地？

　　到底怎样的一个女子，受人空前地关注和说项，一度揣度她的故事与缘由？

　　民国中将何竞武的女儿何灵琰是陆小曼和徐志摩的干女儿，她一向与陆小曼亲近，接触小曼自然也多于别人，在她心中，小曼"却别有一种林下风致，淡雅灵秀，若以花草拟之，便是空谷幽兰，正是一位绝世诗人心目中的绝世佳人。她是一张瓜子脸，秀秀气气的五官中，以一双眼睛最美，并不大，但是笑起来弯弯的，是上海人所谓的'花描'，一口清脆的北平话略带一点南方话的温柔。她从不刻意修饰，更不搔首弄姿。平日家居衣饰固然淡雅，但是出门也是十分随便。她的头发没有用火剪烫得乱七八糟，只是短短的直直的，像女学生一样，随意梳在耳后。出门前，我最爱坐在房里看她梳妆，她很少用化妆品，但她皮肤莹白，只稍稍扑一点粉，便觉光艳照人。衣服总以素色居多，只一双平底便鞋，一件毛背心，这便是名著一时、令多少人倾倒的陆小曼。她一举一动，一颦一笑，都别具风韵，说出话来又聪明又好听，到现在为止还没有再见到一个女人有干娘的风情才韵。"

她的美，是素雅的，无需点缀刻画。她的心，亦是素心，毫无讳莫如深的故作之嫌。她的行动就是她的表达，她所说的，在顾盼流转中，嵌入春风的气息，随风入梦来。

是否被誉为"仙子"的女人，都是这般模样？她"两弯似蹙非蹙罥烟眉，一双似喜非喜含情目。态生两靥之愁，娇袭一身之病。泪光点点，娇喘微微。闲静时如姣花照水，行动处似弱柳扶风。心较比干多一窍，病如西子胜三分。"这是曹雪芹对"绛珠草"林黛玉风韵的描摹，堪称神来之笔，世间经典。或许"仙子"坠入凡间，都有一衣带水的眉眼含情杳渺之波，形若一段风流，姿态婀娜娉婷，出水芙蓉之色，干净澄澈，多一分不行，少一点不可，宛若清风细雨，饱含灵晖秀气，何等轻烟缭绕的迷蒙，典雅俊美相映，碧水一潭，轻轻一拨，风中依依而舞，才华卓尔不群。陆小曼也是"仙子"，她的美，近似湖水微澜，自成波心，光华交融。

  那河畔的金柳，
  是夕阳中的新娘；

波光里的艳影,

在我的心头荡漾。

软泥上的青荇,

油油的在水底招摇;

在康河的柔波里,

我甘心做一条水草!

那榆荫下的一潭,

不是清泉,

是天上虹;

揉碎在浮藻间,

沉淀着彩虹似的梦。

寻梦?撑一支长篙,

向青草更青处漫溯;

满载一船星辉,

在星辉斑斓里放歌。

陆小曼的美丽,就如这一长篙漫溯里的星辉,点点光跃,不熄不灭地点燃。

如果说"仙子"都有人淡如菊的优雅,心素如简,那么她们在亦步亦趋间散发的恬淡、清悠,便是士大夫们向往的高远境界,深得文人志士的极度追捧便非常自然了。

说来,病态的美,更惹人生怜。林黛玉的"娇袭一身之病",竟是贾宝玉牵绊的始终,陆小曼何尝不是呢?

翠竹虚空，却存骨节。虽扶风飘摇，却从未折腰屈服。

竹，秀逸有神韵，纤细柔美，长青不败，青春永驻。春山翠竹潇洒挺拔、清丽俊逸，翩翩君子风度。竹子空心，谦虚向上，品格自持。凌云有意，强浴风雪、偃而犹起，竹节毕露，竹梢拔高。竹的姿态，俨然一位人间的"仙子"，多磨砺，多霜雨，却"千磨万击还坚韧，任尔东南西北风。"林黛玉潇湘馆"竹林成荫"，何不是她生命的写意呢？陆小曼没有与竹常伴，但是，她的骨骼，她的气节，也似青青翠竹，无非般若。

何灵琰说陆小曼是"空谷幽兰"，有灵秀之美，也生动活泼。若暗香浮来，必是这兰草的气息，不妖娆，不艳丽，清疏尺寸间，遥远可及。又如山中仙草，了了绝迹，却不可追。

对女子最美的诠释和褒奖，不是花儿芳艳，而是一草独放，无人可及的高洁。

陆小曼的细眉澄眼，玲珑腰段，芊芊素手，一步一段风流，是王孙贵族眼里最亮丽的风景线。女子也为之折服，不能不说她天然自得的魅力所在。

其实，陆小曼的一生，就像徐志摩笔下的朱砂梅，在雪中飞扬，飞扬。

逆势，顺风。呼啸的冬天，无垠的世界，才是她眼里的一切，只是，多了一枚摇红。

快乐地飞扬，无怨无悔地飞扬。

寒冷吗？冰凌覆盖吗？一切都在枝头上消融，一株独放的朱砂梅，点燃灰白世界全部的热情，只在碎步间，轻轻地，轻轻地，便是流水叮咚，雀跃烟翠间。周而复始的起起伏伏，玲珑佩珊的轻盈脆生，陆小曼从荒芜中走来。

美！清！洁！

陆小曼的美，不是堆砌的华丽和装饰。

对于穿着打扮，她曾对郁达夫的夫人王映霞说："我不喜欢花花绿绿的衣服，那太俗气了。我喜欢穿淡色的服装。有一次，我穿蓝布旗袍得到志摩的称赞，他说朴素的美有胜于香艳美。"而王映霞第一次见到的陆小曼，也是一袭银色的丝绸旗袍，极其淡雅端庄，不由得赞美她确为一代佳人。即便是徐志摩身后，"她毫未修饰，这说明了她的心境，但她依然是美丽的，宛如一朵幽兰，幽静而超然地藏匿在深谷中。"赵清阁的回忆亦如许印证着。陆小曼的美，在书案之上。她凝眸而笑，眼睛一派的清澈透亮，即是岁月久远，黑白影像也难以遮掩住"一双眼睛也在说话，睛光里漾起，心泉的秘密。"徐志摩看了心动，王赓看了心醉，谁看了会心碎呢？

陆小曼的笑，像七月的红，点响水生风云。

陆小曼的笑，轻轻一撇嘴，像夏日的一茎荷，水未央濯濯而立。

陆小曼笑或不笑，她的世界都是率真，都是果敢，都是一往无前的继续吧？

飞扬，飞扬！

为你飞一次，陆小曼，民国时期多少风流雅士梦中的女神。

为爱，都在飞！

第四章
望　风

有一种人，即使旋转在万人中央，她也与众不同，有鹤立鸡群的炫目光环，这是与生俱来的傲视一切的魅力。这是内里透出的强大和别致，就像我们常常因一个背影，某个眼神，或一次回头，便丛生惊艳的情愫，这情愫无疑当由衷的赞叹。

她在，生活便多了情趣和生气。

她在，于是便觉得华灯才真的在绽放。

她在，这一个华丽的大池子里，游龙惊凤的姿颜们都会瞬间地黯然失色。

她注入的一股新风，高雅地引领着京城的交际潮流和风向。有记载说："北平外交部常常举行交际舞会，陆小曼是跳舞能手，假定这天舞池中没有她的倩影，几乎阖座为之不欢。中外男宾，固然为之倾倒，就是中外女宾，好像看了陆小曼也目眩神迷，欲与一言以为快。而陆小曼的举措得体，发言又温柔，仪态万方，无与伦比。"这是怎么的一副做派，在盛大的舞台中央，在高规格的聚会社交场合上，她竟然频频地让无数人钦慕，惹眼的瞩目，先是男嘉宾的暗自垂青，再而是女宾们的殷勤眺望，中国高官，外国友人，这些见惯大小宴会和人情世面的人中龙凤，他们在舞池上希望见到一个身影便是她——陆小曼。

她还小，学生模样般，齐着耳际的秀发。她还小，身姿玲珑娇弱，容颜清雅无邪。她真的很小，十七八的芳华，不谙耀眼为何物，她在，就是一种绽放的美好。与日月无争，与繁华自溶。她在，热浪便升腾，她在，高亢一阵阵在彼此厮杀，抵对。

陆小曼不魅惑，她的引力重心，在举手投足间轻轻地一扬，便作了火辣辣的流行风。陆小曼不妖娆，一生淡妆素雅，蜻蜓若点的微微颔首于人群中，似一抹岫云初放。其实，那叮咚的潺潺溪涧，回旋的轻叩，三月便在江南的哝哝软软里拔高温柔，这该是如何令人心动。陆小曼朱唇间饱含的京腔京韵暖语，仿若细雨微风没在草丛中，忽而不见，又有罅隙含露，握不住的有无，却似春天就在瞬息的不经意间变幻，变幻绒绒脉脉的色泽，让人欲罢不能。

而这些美好，不能让人深层次地歪了想去。她是天使般的人物，她是时兴的星灿，只作远观的欣赏。

"南唐北陆"，说民国，道故事，这不得不提的人物风流段子，或许是对于陆小曼最为通透的一个素描，走进她，就得跟随她的舞步，滑入舞池去。

先说"南唐"唐瑛，自然辉映反衬陆小曼，不需多言足以点缀当时的风光。

搜索一段名人名片：唐瑛生于1910年，其父唐乃安是清政府获得庚子赔款资助的首批留洋学生，也是中国第一个留洋的西医。唐乃安回国后在北洋舰队做医生，后在上海开私人诊所，专给当时的名门望族看病，因此，唐家的家境自是富足。唐瑛的父亲深受西方文化的影响，加之唐家又是基督教家庭，所以有些"重女轻男"，女孩在家中的地位反而很高，不必等到婚后才可以出去参加社交活动。毕业于美国传教士林乐知创办的中西女塾的唐瑛，英语口语很流利，16岁就正式进入了社交圈。她虽然接受的是西式教育，但是对中国传统戏曲也很痴迷，并且颇有造诣。她不止一次以玩票身份登台，大放异彩。1927年，在中央大戏院举行的上海妇女界慰劳剧艺大会上，唐瑛与陆小曼联袂登台演出了昆剧《拾画》、《叫画》，年仅17岁的唐瑛丝毫不怯场。后来，报纸上大幅刊登出两人的戏照，照片中，陆小曼轻摇折扇，唐瑛走台步，两人相得益彰。之后，但凡有名流大亨的重要场合，唐瑛都会出场。有一年，英国王室到上海访问，唐瑛去表演钢琴和昆曲，所有报纸上都登出她的玉照，其光彩完全盖过了王室。1935年秋，唐瑛与当时的沪江大学校长凌宪扬在卡尔登戏院用英语演京剧《王宝钏》，这也是国内首次英语版的京剧演出。唐瑛不仅扮相好，戏做得好，还有一口地道的牛津口音英语。那种风头作为一流的交际名媛，岂是现在的一般女明星能比得过的？这是对唐煐风光无限的真实写照，与陆小曼的交汇演绎，可谓是民国的一段佳话，一道旖旎春光的风景。

她们都年轻，十六七岁已然红透中国的政治中心和商业中心。

她们都绚烂，美好里更多是肆意的飞扬，伸展得无拘无束，不受世俗的禁锢。

她们都是时代的标榜，一记烙印，她们引领的不单是生活时尚，穿衣作伴。而是新时期女子寻求独立，开放，自由阵地的举旗人，走在前沿风向的先行者。

她们成为了一个坐标。才情与美貌并存，智慧与率真兼有，内敛与开放同在。

她们诗词歌赋俱佳，琴棋书画也通。她们开拓了新知识女性的一个里程碑，将所谓的"交际花"上升到了真正不可替代的一代名媛神话。谁也不能复制和模仿，是时代的代言人。

陆小曼是男人心中的图腾，女人眼里的范本，这样说不为过。

青春年华的陆小曼，只知人间美好如仙境，父母的放任与宠爱，社会的认可与褒奖，一时间的红红绿绿，她最适应这样的霓虹灯闪，华丽的服饰，优雅的曲子，舞池里的暗香浮动，人若过江之鲫，来来往往非凡的热烈，心醉迷人，普通人是很容易迷失方向的。其实，陆小曼终归是无邪之人，即使这样的耳濡耳染，也有一股"仙子"般的出尘无暇，立于芸芸众生的未央，这就是真正折服所有人的陆小曼。她的幽兰气质在红尘外游弋独立，不入肤浅的俗套。

这样年岁的孩子，作为父母的陆定和吴曼华，为什么一直支持和默许唯一的女儿被高高地举起，穿梭于高门聚会之所，早早地出入名流之地。作为今天的家长，18 岁之前大多孩子还未高中毕业，正是约束对孩子最多、最严厉的时候，也许我们无法真实地感受和理解其中要理，只能用时代和门庭不同的缘故来释义。

大红大紫的陆小曼，自幼即被人赞扬和追捧，这是她生活中无时无刻不凸显的一个事实，这对于孩子的成长，是福是祸？

童年的美好，青春的耀眼，从未受挫的经历，在常人看来，唯有羡慕的份。但是，世间万物，都是在波折中前行，都是在困难中进取，都是在逆境中伸张，没有打磨，璞玉难成玉器；没有挑剔，玉器无法放亮；没有养护，终有黯然之时。

生命必经的一条路，总会有坎坷和艰辛的，这会子没有走这条路径，有一天，迟早要走罢了，醒悟时，或许更为艰难，或许更为坎坷，这就是人之最初和最终，没有任何人能逃得过时间光阴、自然规律的洗礼。当河床孕育山石时，青峰叠翠是高岗，明月倒影，是在天上，还是在水里更真实？虚幻的世界，又必须踏实地一个来去——历经酸甜苦辣咸，没有一味不是生活的本原滋味。

陆小曼烂漫的年少青春，为她今后的各种磨难埋下了伏笔，无法避免的苦难等着她去突破。

张爱玲说："短的是人生，长的是磨难。"

陆小曼生命的旅途恣意无我，在人事的进退上，也是名媛的楷模，优秀，少有人企及。

在京都这个社会大染缸里，形形色色的人群，方方面面的应对，政客也是小心谨慎地一步步走。陆小曼天真烂漫和进退有度，显出一种清新的小弥漫，成为了京城的一种风向标，抬眼望去，特别招展。

第一卷　红尘有你

第五章
承　爱

　　忙忙碌碌为人世，人为名来，事为利驱，但终归逃不出一个情字。为情所困，为爱追寻，不论生命的长短，生活的高度，谈情说爱，我们一生都不能避讳的这最为美妙，也最为痛苦的沦陷。爱是一个让无数人交织和协奏的纯洁字眼。

　　想爱，这是年少的时候最初的情感萌动。身体的不断发育，荷尔蒙的刺激，人之初，自然的反应，有人敏感，有人迟钝；有人主动，有人含蓄，有人激烈，有人颔首而望。这花蕾般的年龄，每个人对爱的感觉，其实不尽相同。门庭的高低，悟世的早晚，性格的不一，诸多因素决定了爱与被爱的主动权。对于高墙大院里的陆小曼来说，她是一只自由飞翔的花蝴蝶，在自己的世界里舞蹈、歌唱，日复一日地消遣着众多的追逐目光和浓烈爱意。她的青春，一直在承接着万千宠爱和仰视瞩目。

　　学校是一个最自然坦白的爱情舞台，想爱就爱，想表达可以尽情地表达。校园里的陆小曼，青葱般地出挑，个性活泼张扬，活脱脱似一匹枣红色的小马驹，只是一味地快乐驰骋，单纯，放任，不拘外界的眼光,任何一个地方都是她放牧的大草原。人性的自我解放达到极致时,所有的灵魂都是全身心的最彻底的初放,最美、最真实,因此,当人处于这个阶段时,无论她是否貌美帅气,是否低门高户,其实,内涵的散发从身形谈资里一览无余地展现出本真,让人不由自主地会深陷进去。我们生活在这个纷繁复杂的世界里,每个人都不会拒绝欣赏一种炫丽的美和被一些真诚所打动,这也是许多人喜欢陆小曼,追捧陆小曼的根本所在。她是一种原始的甘冽,轻轻地掬一捧,便有浸润心肺的甜蜜。陆小曼的一个手势,一句笑谈,一生清脆,引发的向往,流连于心的不光是男生,女生们心中的陆小曼风采是一种女子典范,通俗说是有"魔性"。校园里都称她为"校园皇后",男生们争先恐后地愿意为她效力,拎包、做车前马后的小卒,皆是满心欢喜,心甘情愿地付出。情迷于此,痴心不改。陆小曼的想爱就是这么被暂时抹杀了的,她来不及想爱,就被无数多橄榄枝包裹得密密匝匝,无法腾出一丝空隙去主动爱。这是幸福,还是一种悲哀?

爱是冲动,爱是折磨,爱是辛苦,爱是甘愿,爱是委屈后的苦恼,爱是开怀时的大笑,爱是人间的一道虹,人人期盼,人人守护,人人想爱。

爱,不主动,滋味就别样了。

在爱海里徜徉的人,承接是最美的姿态。年少时的陆小曼,溺在父母的无微不至关怀与爱护中,她不用操心生活事,烦恼事。偶尔的不愉快都来自于父母的教育理念。少年时,陆定对于女儿的教育是严肃而激进的,希望孩子的未来和生活,在他的指引下,有一个亮堂开明的好前景。管教的方式多有严格的一面,陆小曼的调皮和不醒事,常常让这位要求高的父亲时有雷霆。但是，作为知识女性的母亲，吴曼华不这么看待自己女儿的教育，她对于多动机灵的陆小曼，更多是纵容和放任，如果可以，为何不给予孩子最大的空间，更广阔的世界去探索，去慢慢感知人间的最真呢？吴曼华的教育，感性似乎超过理性，和今天的孩子教育相比，有相似之处，又有本质区别。吴曼华对孩子的管教，是对陆小曼在接受良好的教育基础上的开放，今天的家长们，很多是毫无节制地一味宠溺，没有一个底线，看似相近，实则无法比拟。陆小曼的人情世故开发，得力于天然资源，良好的家庭环境，给了她最初了解社会和人世的钥匙。这配制钥匙之人，骨子里的气质，不同于纯粹的政客。陆定虽然一直从事于政界工作，难免需要一些非常的手段和策略，也要服从于许多潜规则的暗渠与变通，但是，始终是士大夫出身，钟情翰墨之人，举手投足间多了文人的姿态，却不迂腐，也不拘泥。吴曼华是开明智慧的女子，不光能持家，贤惠做妻，对于丈夫的事业，她也能读懂脉络，知晓因由。陆定作皇子皇孙们的老师期间，她是这些天之骄子暗中的作业批改老师之一，陆定忙不过来时，吴曼华就成了代笔之人，说明她的文学造诣和社会知识是非常不一般的，确有为师之道。吴曼华不是普通女子，是才情了得的高知，是知晓通透社会的别样女子，丈夫的贤内助。这对优秀夫妻的孩子，会差吗？会需要一字一句，一招一式地去教她吗？环境决定层次的高低，出身未必能决定未来，陆小曼的童年、青年，是在蜜罐子里泡大的，满满的浓情蜜意浸润着心田，这是一般人无法抵达的生活境界。

陆小曼是一尾鱼，目光里都是蔚蓝色，一切以她的心情而翻云覆雨。无论节奏如何变幻，她蔚然是真正的中心、核心。进入社交领域后，性情开朗，活泼大方的陆小曼，时常一身淡雅装扮，娇小却天然林下风致，不需拿捏分寸，自成风流一体。陆小曼是天生的交际苗子，在这种复杂人群的社交环境里，不变应万变的心态，方为最佳。陆小曼非常熟谙，也算是一种从小到大的自然体会，不需父母提点太多，她就懂得，所以她如鱼得水般地游弋在广阔的海域，慢慢地蜕变，一跃成为真正的"小龙"。

她是小龙，一条可爱的小龙，让人爱惜，让人心生无限的喜欢。

这便是人们常说的"眼缘"。于万人中间，总能一眼寻到魅力的身影，旋转在自己的世界里。

追溯到有婚约之前，陆小曼的人生，可谓风生水起。她俨然是京城淑媛们标榜的代言人，民国时代女子美好的一张明信片，这是一种他人无法替代的真实。

陆小曼想爱，何时才有生命真正的追随？

第二卷 Chapter·02
这样写你

1

我们终归是要走在路上的

十步,百步……脚印已经沦陷进去

谁在独钓寒江,微微一笑

死亡亲吻过河面

落叶早已轮回在柳条拂动的轨迹中

一生,一世,绿意终于展露在东风里

活着的时候和死去的时候

我们都尽量歌唱

不管在异乡,还是在路上

你不妨也学着跟我一起沉默

和孤独幽雅地谈次恋爱

西窗外,有一种羞怯的昏黄色

宛如我心底的你

风吹落月白

你可以朗诵一下我给你写的诗歌

可以配乐舞蹈

我知你一定会兴奋异常

2

相对于一团渔火

隔岸观赏,是最好的心态

我们都在无可奈何地接近黑暗

影子藏匿在万家灯火深处

退下一身的羽毛,交还给

过路的晚风

这时,家是我们

休憩的洞穴

安抚着我和你,大街上

路人把叹息压得低低的

强作欢颜的习惯,逐渐养成

3

我爱上整座失眠的城市

在那里，我和浪荡的诗歌鬼混

对尘世的智慧与文明予以猛烈抨击

整整一夜，我的琴音不断地折磨哭泣的灯火

孤独此刻被琴音优雅地拨亮

我们始终活在最初的幻觉中

时常被暧昧的语调击倒

和布满尘埃的诗歌相比

现实的我们真的很幸运

这些，显而易见

贴近生活的喉管

真相如鲠在喉

可怜的吞咽与咀嚼

颇费周折

4

我发誓我终身爱你，若假设

不能诚守

我保留一切说谎的权利

在一座泥像的面前

我听着梵音流泪

叩首虔诚的姿态，可以忽略胆怯与虚伪

真实此刻在描述我的怯懦

月色真的很老朽了

经不住千古爱情反复寄托，我只好绕到她的背后

听见你哭着梦喊

我的名字

第一章
有　女

陆定夫妇先后生育九个儿女，八个都不幸在幼年、青年早夭，只有排行第五的女儿陆小曼幸存。

得一女，有比儿男更胜一筹的潇洒，可想陆定夫妇对于这个女儿的珍视和喜爱，含在嘴里怕化了，握在手里怕丢了，加上陆小曼从小如杨柳扶风般体弱多病，夫妻俩自然更加爱护有加。陆小曼的一切要求都会无条件答应，只要陆定夫妇能办到的，坚决给予女儿。

陆小曼身体不好，但是，从她天性活泼和精神焕发的另一面来看，似乎相差有别，比如舞池里的陆小曼，即使是娇小的身姿，但是那种如鱼得水的欢快，一曲一曲地旋转飞舞，谁能说她内体不好呢？

人活着是一种状态，这种状态与身体有关，也无关。比如同时期享誉京城的另一位名媛林徽因，也是这么一个活生生的例子。即使重病或病入膏肓也能活得痛快，也能淋漓尽致地表现人生，呈现不同的精神世界。

林徽因原名林徽音，是中国著名建筑师、诗人、作家，人民英雄纪念碑和中华人民共和国国徽深化方案的设计者，建筑师梁思成的原配妻子。三十年代初，同梁思成一起用现代科学方法研究中国古代建筑，成为这个学术领域的开拓者，后来在这方面获得了巨大的学术成就，为中国古代建筑研究奠定了坚实的科学基础。文学上，著有散文、诗歌、小说、剧本、译文和书信等，代表作《你是人间的四月天》、《莲灯》、《九十九度中》等。冰心曾写有一篇《太太的客厅》，就是调侃林徽因的。那个时候的林徽因一直有很严重的肺病，但是，一旦遇到有人拜访或聚会，便关不住嗓门了。她的客厅常常聚了朱光潜、梁宗岱、金岳霖等一代文坛名流巨子，一杯清茶，几块点心，谈文学，说艺术，天南地北，古今中外。在"太太客厅"里，林徽因一直是最活跃的人物，读诗，辩论，她的双眸因为这样的精神会餐而闪闪发光。作家萧乾这样回忆第一次见到林徽因的情形："听说徽因得了很严重的肺病，还经常得卧床休息。可她哪像个病人，穿了一身骑马装。她说起话来，别人几乎插不上嘴。徽因的健谈绝不是结了婚的妇人的那种闲言碎语，而常是有学识，有见地，犀利敏捷的批评。她从不拐弯抹角，模棱两可。这种纯学术的批评，也从来没有人记仇。我常常折服于徽因过人的艺术悟性。"这是1933年11月初一个星期六的下午，萧乾做客林徽因家中吃茶时发表的感慨，同时，这也是林徽因一生做人处世的真实写照，"太太客厅"的逸事。

才女们一生都多磨难。只有在磨难中成长的人，因为懂得，所以通透，也才会真正地释放自己生命的全部。

林徽因和陆小曼两人牵扯的故事很多，就性情而言，两人都是五四运动新时期是知识女性，都散发着无可比拟的才情光芒，影响着许多人，包括优秀男性的追逐。然而，她们阳光和光鲜的背后，都有一般人无法体会的许多身体上的病痛。或许，陆小曼当时未及林徽因身体虚弱得那么显著，但是，她们都无疑体能不佳，又无比鲜活地出现在世人面前，耀眼，光芒四射。

陆小曼也有一群响当当的铁杆"粉丝"，这些粉丝，可谓名噪一时。其中因提倡文学革命而成为新文化运动的领袖之一，曾担任国立北平大学校长、中央研究院院长、"中华民国"驻美大使的胡适，算是代表人物。陆小曼在名媛圈里也算翘楚，因此结交的女性朋友也非常多，包括陆小曼师从的名家刘海粟、陈半丁、贺天健等，都是响当当的时代风云人物，在陆小曼的世界里，非富即贵，不贵也是"大家"，这给陆小曼的羽翼添彩，使她更加丰满动人。

这么招人一个人儿，会花落谁家呢？

陆定身居高位，家世显赫，能对应的门庭凤毛麟角，少之又少。陆家又是书香门第，自有一层其他高门无法比拟的浑厚在其中。陆家的掌上明珠，陆家唯一的孩子，陆小曼的夫婿挑选，就成了陆家人的一个担忧。陆小曼年轻貌美，能与之匹配的才俊当然是有的，但是，未必是合适的。年龄相当，才情互通，家世还得像模像样的人"优质男"，就极少了。陆小曼是温室里的花蕊，只管自我绽放，对于婚姻大事，必竟年少，也说不出一个所以然，或者说陆小曼就没真正去考虑过这事。从小到大都有人打理自己的一切，不用自己费心半毫，母亲吴曼华会将生活一手包办妥帖，父亲会给予她更广阔的天地拓展。她用不着像其他人一样，一步一使劲，她只需要说她想怎么着，或者许多事就通畅了。处于花季的陆小曼，对于未来的盘算，心里是从来没考虑也没底的，挑选未来夫婿的重任于是落到了母亲吴曼

37

华身上。

吴曼华自身是大官员的太太,她的眼光必然是出奇得高了。

既然提到了议事日程的婚配遴选,京城也叫响了。陆家门槛一时间越来越热闹,进进出出的太太夫人,公子哥们不计其数,都是算得上一号人物才敢这么来亲自提亲。吴曼华很细微谨慎,虽然是给女儿挑选丈夫,但是,未来的女婿影响着陆家的走向,这是一种联姻,一不恰当,不单女儿不幸福,陆家的命运也会搭上去的。当时的时局,极为动荡,今东明西的瞬息变幻,沾上政治的家庭,子女的择偶问题,必会与政治多少沾点瓜葛,不是单纯的普通人家的婚嫁。即使是普通人家的婚事,也得讲究一个"门当户对",这是中国五千年无法摈弃的"传统"。

其实,陆小曼不乏追求者。有人说,林徽因俏,陆小曼不俏。实际上,这是一种典型的误解。林徽因的美丽,或有脱俗的不食烟火气息,而陆小曼的俏,是自带魅惑几分,无人能敌。陆小曼在任何场景下,都能营造一种轻松和气的氛围,让人自然舒坦,她不是凌厉的女子,而是富有江南神韵的纤细姑娘。而陆小曼为什么不主动去选择自己的未来,凭借天时地利人和挑选自己喜欢的伴侣,不劳母亲思量操持?这是陆小曼心性未成熟决定的,她骨子里的年龄还很幼小,也不善于打理自己的事情,一切全靠父母——这也为后来后来的人生道路和婚恋感情埋下了伏笔和隐患。

她不是普通的女子,等待这朵花儿真正心思盛开的时候,她才恍然大悟,生活需要追寻,爱情需要主动,婚姻不要包办。

细细地想,陆小曼为自己铺设的心理路程,那么漫长,那么艰辛，以至于许多年后，当一切失去后，她才明白人生的真谛，素衣半生，也无济于事。

她，终究是走过了她应走的路途。一位"仙子"来到凡间，就是打磨，就是锤炼，就是来走一遭刀山火海的，她需要历经比普通人更为艰险的人生路，冥冥中，似乎是作为"仙子"的必经劫数。

第二章
订　婚

　　陆小曼后来说："可叹我自小就是心高气傲，想享受别的女人不容易享受得到的一切，而结果现在反成了一个一切不如人的人。其实我不羡慕富贵，也不羡慕荣华，我只要一个安乐的家庭、知心的伴侣，谁知道这一点要求都不能得到。"

　　当一个人真正明白一件事情，知晓其中奥妙和真谛时，大多数时候都是处在失败后的归纳和感叹。陆小曼对于感情的嗟叹就是如此的心境。失去后，才知原先的境遇都是镜中花水中月。爱情花开得再繁茂新鲜，如果过分放肆和无我，导致的所谓瓜熟蒂落都会有生涩的难耐和苦楚，若不好好地给予养分供给，勤于修剪和打理一切，何来自然的"收成"？

　　陆小曼期待的婚姻是什么？

　　陆小曼的爱情观和爱情的体验，似乎是还没从青涩中剥茧成熟的橄榄绿。那么，陆小曼对于婚姻，便是理所当然的承接了。

　　吴曼华作为母亲，和天下所有的母亲一样，都会用自己的审视眼光来挑选未来的女婿。说是为小女选情郎夫君，倒不如是丈母娘择女婿更为的妥当，这是中国人的传统习俗，代代不变，丈母娘欢喜的女婿，才能真正走进这个家门，走进这个家的温暖中去。

当然，每一位丈母娘心存的美好，比小女更为细腻和挑剔。吴曼华就是这样的。

吴曼华是陆小曼婚姻的把关人，谁入了她的法眼，谁就成了陆家的乘龙快婿。许多世家子弟、达官贵人如飞蛾般来来往往于这个明灯高悬的家，女婿是慢慢挑的，也是谨慎选的，各色各样的优秀才杰，在吴曼华眼里，不是缺这，就是缺那，总是东瞅瞅，西看看也不放心。这陆小曼如珍珠璀璨光耀，亮丽得紧，家世似悬镜高置，谁进门看都会照照自己，匹配吗？求亲者不计其数，如果用过江之鲫来形容这状况也不为过，江上盛产鱼，鱼儿小了，吴曼华不上眼，鱼儿大了，吴曼华不放心。自古选亲就是一个难题，也只有每一个孩子的母亲才敢真正的做主，也最用心。

多少人过眼后，均不中意，当唐在礼夫妇将王赓朝吴曼华身边一推，吴曼华即刻喜笑颜开，只觉得晴朗如斯，光相貌就足矣打动挑剔的吴曼华，更不用说介绍背景后的那般中意。王赓何许人也？

王赓有长相，英俊挺拔。王赓有学历，清华毕业，在普林斯顿大学读过文学，在西点军校学过军事。王赓有前途，一回国就供职陆军部，巴黎和会期间，又被任命为中国代表团上校武官，兼外交部外文翻译，1921年被提拔为陆军上校。王赓家世，父亲早逝，只有一个弟弟需要供养，轻装上阵，如得了此佳婿，等于养了半个儿子，以后投在陆家的精力，定然不少。现在的陆定虽然权势很高很响，也保不准有"好花不常在好景不常有"，"一截田坎三节烂"的时候，官场人走些弯路，出些岔子是常有的事情，得有一个深厚的背景和强大的外力作支持，才能真正顺风顺水下去。而选择王赓入陆家做女婿，无疑是如虎添翼的大好事。王赓在军界，与政界的陆定遥相呼应，构成强强珠联璧合之势，实乃陆家和王家之幸。女儿得了幸福，两老也算后半生有依靠，说这姻缘好不？

无论普通人眼光，还是有眼界的吴曼华来定位这个姻缘，绝对是极好的，天作之合，再也没有如此搭配的佳偶天成了。人人都在寻出路，都在为生活的保障"谋篇布局"，吴曼华也不例外。招赘王赓入陆家是全家人的福气，她是这么想的。那么陆小曼认同吗？她实在才是这个婚姻的点头人，才是不折不扣的主角，她的意见吴曼华是一定得考虑，进而落实的，陆小曼对母亲"千里挑一"的夫君作如何的感想？

其实，陆小曼对这段婚姻，真的没有更多的想法。陆小曼是承爱者，她一直接受追捧和爱恋，但是，在心性还未定根前，她对于爱情、婚姻的理念和观念是不太多的，也不必操心。交际圈名号的响亮，也没传谣过她真正有过感情的轨迹，也就是说，王赓是她第一个提及到感情日程上的男人。幸，还是不幸？对于两人如白纸般的情感经历，在封建社会的大环境下本是该极佳的联姻，相互都有时间和空间来描绘两人的未来，想怎么着色，由着俩人的性子决定，似乎，色彩斑斓是很自然的婚后事了。

陆小曼望向王赓，哦，这人就是他！他如何呢？

王赓又名王受庆，江苏无锡人，民国时期高级军官，后来升任中国陆军中将。他本是官宦子弟，家道衰落后发奋求学，在北平安定中学和清华受到早期中国教育，因学业成绩非常突出，且性格极具中国传统气质，以致被选中以全部公费派到美国进一步接受教育，1911年毕业于清华大学后赴美留学。先在密歇根大学读了一年，二年级进入哥伦比亚，三四年级进入普林斯顿，读历史和政治系，1915年以名列第十四位（共116名文科生）的优异成绩毕业。1915年获普林斯顿大学文学士学位，同年他受到美国西点军校的约谈，到那里接受美国陆军高等教育，与美国名将艾森豪威尔同学。王赓少年得志，是东西方文化都精通的一个不可多得的人才，他对于中国传统，有着不一样的情感与尊崇，他是梁启超先生的学生，与大诗人徐志摩是同门师兄弟，算一名真正的儒将，不可限量的再造之才。陆小曼看着这么一位人物，她是这样的一个感觉：他一张非圆非方的脸，眉眼有些细长，鼻尖略微翘，嘴唇厚实而分明，五官匀称，看上去还活泼俏皮的长相，没有军官那般的教条和严肃。当然，有比普通的豪门公子更为沉稳的气质，这就是受过中国文学熏陶和西洋军事洗练过的人，自然的威严。其实，这般的人才，普通女子肯定是极为仰慕和欣赏的，对于见惯各色人物的陆小曼，觉得平常，还行，没有太多的激荡感觉，也许是本身对于情事还没有更多的向往，也许是因为这是安排，所以，一切都好，似乎也就这样吧。拒绝，是不可能的，这是一副握在手里谁都极为称赞的好牌，没谁会不喜欢好牌，无可挑剔的一位优秀青年，怎么出招，都觉得这牌面几乎是必赢不输的格局。接吧，不接可惜。

接了，有惆怅吗？

有！陆小曼是新式的女性，总觉得差点什么似的说不上来。好与不好,一个心境罢了。陆小曼不缺追随者,所以也拿捏不准这婚姻算什么,是一壶醇厚的酒在等待她品尝,还是一杯绵长的茶?

人说冷暖自知。婚姻,是否幸福美满,那不是任何人可以定义和感知的。

陆小曼的情感,随着与王赓的婚后日子,才慢慢地悟出了许多人生的真谛。晚,还是不晚?

第三章
繁　花

用盛大空前的一场婚礼来形容王赓与陆小曼的结婚典礼不为过。

从排场开始看过去，光是女傧相的来头，先数数一二：曹汝霖、章宗祥的女儿。曹汝霖是谁？在清政府，袁世凯政府，段祺瑞内阁，他历任外交部次长、清政府外务部副大臣，袁世凯政府外交次长，交通总长、后兼总署外交总长、交通银行总理、财政总长等要职。煊赫一时的当权派。再看章宗祥是谁？在清政府民政部任职，1912年任袁世凯总统府秘书、1914年任司法总长，还有曾任北洋政府交通总长，后来成为孙中山广州国民政府财政部长、南京国民政府铁道部长，1927年出任北平大学国学馆馆长，中华人民共和国建国后，担任中央文史馆副馆长。第二届中国政协常委叶恭绰的女儿，还有清光绪进士，担任过当权政府要职的赵椿年的女儿，足足九位京城名媛。而且，不是女傧相的名媛也悉数到场参加婚礼，捧足了陆家的面子，其他政要家眷自然是到场作了恭贺之礼。这就是所谓的场面，先得有脸面的人撑起才算场面。

再看选择的婚礼现场，北平金鱼胡同，海军联欢社，这样一个军队的高级休闲之所，不是一般人能进去的，何况是一场盛大的婚礼作为现场举行，这肯定是少有的。一涉及军事要地和场所，即使是政要也无法靠近几分。而得天独厚的条件，陆小曼和王赓的联姻，是政要和军要的家庭联姻，这样，就有了在军事区域举行婚礼的由头，算是一种特殊待遇了。

这么一场耗资巨大的婚礼，从女傧相的婚礼服饰及其打扮，到酒席操办，再到一切婚宴花费，无一不是最高档的，可想当时的场面，需要的财力支撑有多大。而这些，都不需要已经家族没落了的王赓担心，丈母娘家一手操持，无一不细致周到。整个场面华丽热闹。一对新人享尽众人追逐的羡慕眼神，一个温柔似水，如九天玄女般的出水芙蓉，娇艳玲珑，即使三月春花，此时也有低首几分的自叹不如。一个铮铮汉子，却也一段风流士子的雅姿，贵气逼人，然虽少年得志，却练达自如应对，今日眼眸荡波，狭长也似星辉灿烂，儿郎自是最精神抖擞，鲜有人抵过这盖世的风华。婚礼上的主角，本来一袭光耀，何况是这一对璧人，当天海军联欢社的大门几乎被挤爆，轰动京华，一桩美谈，传为佳话。

婚礼上最为荣光和喜气洋洋的，还有一对主角，便是陆定夫妇。陆定是政坛要人，场合上也得有所收敛，而吴曼华不必有这么多隐藏和顾虑，她是这场婚礼喧闹与华贵的幕后推手，也是婚礼前台最为称职光艳的丈母娘，掌管着婚礼的节奏和高度、出入和席位等等细枝末节，却又负责陆家财力与实力的现场把控。这场婚礼无疑是成功的，心里开花的第一数吴曼华，为女儿觅得好夫君，为自己觅得好佳婿，为丈夫觅得好助手。

时事风云，人间变幻，钱财、官位、名誉，都是过眼云烟，朝夕不保的多。有一种幸福，乃是孩子的终身大事尘埃落定，丈夫的事业稳定，全家和和睦睦，开开心心最好。吴曼华最懂这人世变迁，她不是俗女子，也不是自私的女子，她是一位时时刻刻为家庭，为自己的亲人谋得最为快乐的妻子、母亲。她一直非常称职，她的这种称职，也许，会是另一种不职称的体现。

她会让应该经历人情世故，经历感情生活的女儿，慢了半拍。落了"病根"深种。

陆小曼与王赓是闪婚，两人从认识到结婚，前后不足一月，时髦透顶。吴曼华很愿意最快速度地招赘女婿王赓入门，而王赓自是更愿意成为陆家的东床快婿，这一桩婚姻，玉汝于成，机缘于此。这是1922年10月10日，那时王赓27岁，陆小曼19岁。

从此，官太太身份的陆小曼，便开始了另一种豪门妇女的生活。对于一向野惯了的她来说，该如何调剂蠢蠢欲动的"外交"想法和内修夫人般的寂寞娴静生活，这成了一道不得不做的功课。每天必修，日日反复炒作、回锅，有几人可以耐得住呢？

外交部任职的工作先得辞了，这是作为一名好太太的先决条件。丈夫行走军界场合，自己的夫人同样也在上层社交圈里游走，在当时的情形下肯定不允许的。作为将军（结婚次年王赓被任命为交通部护路军副司令，同年晋升陆军少将。）太太，抛头露面不但降低王赓在外人面前的威信，说还不如夫人能干，或又说没有能力约束自己的内人，颜面不存，这是作为一个有一定影响力的男人的大忌讳，所以，陆小曼作为一只富贵蛀虫，被王赓"包养"了生命和时间，而陆小曼则"包养"了日子的无聊和无言的怨怼。她是新式的女性，五四运动里，有许多女性在一种膨胀欲动的思潮下，坚决地站了出来，这是后话。

让我们先来感知贵妇陆小曼的生活，走进一个鲜为人知的"灰色"却涂抹着亮丽金色的另类圈子。

打牌，是太太们平时娱乐的主要项目之一。这个项目的特点是，一可以打发无所事事的时间，你有多少时间，就可以将你耗进去多久，一大把攥在手里的光阴，通过这个铿铿锵锵的出牌音色，便寻到了一种解脱。二可以显实力财气，高层自是高收入群体，当然，这社会不是人人都公平的，就是这个炫耀的群体里，也有高低之分，脖子膀子也有厚薄，出手就知道有没有，这是无聊人之间的无聊耗强。当然，肯定不明显，一招一式在眼里，没有任何硝烟。三可以聊聊新鲜，说说俏皮话，高官豪门的男人们大多早出晚归，女人们说话都得选时间、找机会，更不用说有姨太太的人家，分配的亲亲哦哦时间更少。当然，陆小曼不存在第二项和第三项的问题，钱财不用担忧，父母和丈夫挣的都是自家的，可以供她随时随地花费。王赓也不会有私情，新婚燕尔，加上王赓骨子里全是夫子们的保守思想，在感情上是负责的人，所以，陆小曼参与打牌，纯粹就为消磨，打发这数也数不完的日子，一天又一天。

听戏。这是一种时髦，也是新时期女子喜欢的最有意思的消遣。陆小曼一直喜欢听戏，看各种角演绎着古今轶事，鬼怪离奇，人情世故的再版，浓缩和延伸，这是一个小舞台大社会，可以探究上下五千年的林林总总。陆小曼最爱的就是这个，不但自己看，后来自己也打着各种义演的名号串角色，和南"唐瑛"一起演绎的剧目曾轰动一时，也写过一出剧目，这是后来的故事了。陆小曼对于戏剧迷恋的程度，和跳舞有得一比。跳舞，也是陆小曼婚后生活的情趣，但跳舞太频繁毕竟影响已身为王太太、将军夫人的她，即使不顾及自己形象，也得收敛一下，让王赓好受些。当然，这也是在王赓极不情愿下有所保守的。

对于跳舞，陆小曼是精灵，不用刻意突出，即是全场亮点，引爆舞场。陆小曼的舞，不是艳丽挑逗奔放，而是一种高贵的扮相，所以，不同层次的绅士公子，都爱这变幻的迷人。和她跳舞，是一种层次的体现，这是致命的一种气场，让陆小曼自己也迷恋其中，不能自拔。男人希望所有的女人都为之倾倒，而女人希望自己是独一无二的一朵玫瑰，这些都是心理的满足，与要得到是两回事。陆小曼常常参与这种聚会场合，肯定会引来王赓的不满，到底王赓对于陆小曼，是怎么样的感情，深，还是不深？如果有爱，有多少爱？

王赓不善于直接表达，这是性格使然。他公务繁忙，没时间更多地表达，这是工作决定。而王赓对于太太的要求，不愿过多表达，这是大男子主义的心理作祟了。女人，就应该好好地持家，安静地等待归来的丈夫，然后一家人默默地心照不宣地感知对方的需要和爱意。你说，对于常常浸泡在赞扬里的陆小曼，这种家庭生活方式能适应吗？

许多常人眼里的美满姻缘、幸福家庭，其实，都包浆者一层镀金色彩，让外人欣赏他们的好，从来没有不好，这是一种维持各自生活方式的最佳手段，貌合神离，都是社会高层人士的真实写照，但是，他们就是不说，手挽着手在场合上一个比一个笑得绚烂。明星其实也应该服气他们的演技，真实，自然的表露，让人瞧不出任何缝隙的撕裂。

陆小曼做不到，这就是她的弱点。一副在手的好牌，她无法驾驭这已经握在掌心的幸福，她想推了这牌局，和了从来，可能吗？

王赓之错，还是陆小曼不对？无从说清，无从道来，感情的事，没人能是公正的法官，自我主宰的灵魂，有了爱人那一刻，便不再是自己了。

第四章
迷惘

王赓是军人，军人的天职是服从。

陆小曼是烂漫小姐，她的人生允许她有足够的资本享乐。她的生命里，自己占据着主导地位，御使他人的时候多。做闺女时，父母一直由着她、纵着她，一切都以她为中心，都以她的快乐为最终目标，谁叫她是独女呢！但是，陆小曼的这种御使，并不是无理取闹的索求，她只是习惯了接受，接受家人的爱，接受朋友的追捧，接受外界羡慕的目光，她有多少过错？

如果说有错，那就是陆小曼降生在了豪门世家，书上常说"仙子"的富贵和磨难都是这样开始的，光鲜地来，苍凉地离开，留下许多手势让人猜读。

名门太太们除了持家，就是消遣，再就是等丈夫的归来。

陆小曼不用持家，从小到老，一直都有人为她操持一切，无论富有的时候，还是拮据的日子里，都有人愿意为她打理好生活和人生。好事，还是悲剧？

嫁给王赓，陆小曼生活的主要内容就是消遣。王赓很忙，忙到不能陪着陆小曼逛街、听戏、打牌,王赓的全部热情和精力都在事业上,他是一个有抱负的青年人,也是非常负责的一个军人。

王赓是平凡家庭中出来的孩子,一直靠自己的奋斗和打拼,才有了今天的局面,除了运气和机遇的眷顾,更多是个人的努力和才干。每走一步,都不同于豪门子弟。王赓的世界观和价值观,接近于普通老百姓的想法——只有努力打拼事业,创造更好的天地,才能真正地做强自己,给自己的未来一个出路,把自己的家经营出一片天地。务实、勤奋的王赓知道,他只有通过自身不断地历练和锻造,才有可能根基稳固踏实。所以,在新婚后的日子里,在与陆小曼的婚姻生活中,王赓更多的精力是投向工作的,少有顾忌生性活泼、喜欢交际的陆小曼内心真正的需要。或者王赓就认为,妻子应该是在家端端正正地贤惠着打理好日子,为在外奔波的丈夫营造一个温馨平和的家庭氛围。王赓需要一位"中国式"的妻子,妻子应该是一盏荧荧的明灯,为晚归的丈夫照亮回家的路,内敛、自持、娴静,也不乏能干,是与在外的丈夫相辅相成,相得益彰的连理。王赓少年游历欧美,虽在西洋式的生活环境下,接受开放式的西方教育理念,但是,骨子里却是传统的,偏于守"旧",对待感情更是如此。

平时,除礼拜天,王赓的时间都应付和奔波于工作中,周一到周六的工作日,谁也不能打乱他的计划。回家后也是不善言谈,两人清静地吃饭,饭后的王赓喜欢去书房里一个人待着,这本属于夫妻两人温存的时光就这么在滴滴答答的时针摇摆中过去。一个年轻的男人,白天要面对复杂纷繁的政治军事环境,可想而知其压力有多大,回家后不是一个累字可以诠释完全的。许多工作上的事,需要一步步地去规划、去处理、去思考应对之策。在官场混迹，特别是越往上走，有许多事越是身不由己，自己便不是自己，时间也不是自己的时间。但是作为一个新婚的丈夫，只顾工作，多一点陪伴妻子的时间也不给，更别说谈情说爱时的木讷和老实，让浪漫而自由的陆小曼更是觉得索然无味了。其实王赓对陆小曼是爱护有加，把她当成捧在手里的明珠一颗，又惊艳又敬慕，说不出是该好好地绵长爱她，还是用自己的肩膀厚实地给她依靠？王赓本来也属于不善表达之人，自然情话也就咽在肚子里消化了，他觉得一个好妻子应该懂他，把家打理好。

这对新人，一个释放，一个收紧；一个乐于享受，一个疲于奔波。

王赓非常爱陆小曼，但他的爱近似深沉，像一札密封的日记，只能自己慢慢品读，自己锁在柜子里独享。显然孤独，不合时宜。

当一个人的婚姻处于圆满美好的时候，大多顺风顺水，事业和家庭的运势似乎也一路蓬勃着。王赓婚后的两三年间，事业平步青云，这是可以意料到的结果，但是如果按照资历和年龄来看，也在意料之外。1923年，王赓被任命为交通部护路军副司令，同年晋升陆军少将。陆小曼二十刚出头就成了将军夫人，这头衔荣耀相当了得，羡煞旁人。

但是，陆小曼并不快乐，她要的不是这顶看似光环的桂冠。从父母为其择夫开始，陆小曼在婚姻上就属于一种被动的接受。王赓没有不好，陆小曼没有理由不接受，在感情上，陆小曼并不是很成熟的一个女子，头婚纯粹是一种盲婚。在该遇见的时间和地点，遇见一个该遇见的人，好，就是你了。在陆小曼眼里，结婚是自然地水到渠成，顺理成章就这样吧。可是进入婚姻生活后，陆小曼慢慢发现婚姻是一座冷漠的坟墓，她的称谓变成了"王太太"，这个"王太太"在外做人处事，都得按照上层的规矩和范本来，这与她的性格是格格不入的。她说："其实我不羡富贵，也不慕荣华，我只要一个安乐的家庭、如心的伴侣，谁知连这一点要求都不能得到，只落得终日里孤单，有话都没人能讲，每天只是强颜欢笑地在人群里混。"减少寂寞的方式，还是去最热闹的地方埋没心情和自我，陆小曼依旧又飞入社交场合，婚后的滋养，让她的风韵更加迷人，走到哪儿，都是一道风景线，名声反而比先前更响亮，社交圈子因"王太太"的身份也更广泛了。这样的陆小曼，王赓作何感想？

妻子红艳动人，丈夫前途似锦，两人各自在自己喜欢的领域招展，但是，却都是寂寞人。王赓作为血气方刚的男人，妻子在外成天像"一只蝴蝶"似地穿梭，这是一件影响他尊严，面子上挂不住的事情。但凡一个正常的喜欢自己妻子的男人，都不愿意自己的妻子抛头露面，在公众面前显得有多么的迷人和优越。而陆小曼对于王赓，先前的希望是丈夫多多的陪伴、关怀，却始终连这个小小的愿望也无法实现。王赓给予陆小曼头衔，给予她厚实的肩膀，还能给予她想要的物质和金钱，但是，恰恰这些都是陆小曼从小到大都不缺的，她缺一个知心的，懂她的，在她精神世界里能一起驰骋的人。

王赓不是陆小曼心目中的夫君，她开始明白了。

与此同时，爱陆小曼的王赓，为了让小妻子更为快乐，想尽了一切办法来弥补他不能过多陪她的遗憾，这就有了后来的波澜故事。

于是，一个人出现在了陆小曼面前，改变了几个人的命运！

第五章
脱　轨

1924年底，王赓官运连连，继续被提拔重用，任哈尔滨警察局局长。并先后担任孙传芳的五省联军总部参谋长，敌前炮兵司令，铁甲车司令等军职，显贵一时，是年轻英俊的将军。

就在一纸调令之前的1924年夏天，一个感情的口子已然悄悄撕开。

陆小曼结识了徐志摩。

徐志摩和陆小曼产生了爱情的火花。

徐志摩是谁？

"寻梦？撑一支长篙，

向青草更青处漫溯；

满载一船星辉，

在星辉斑斓里放歌。

但我不能放歌，

悄悄是别离的笙箫；

夏虫也为我沉默，

沉默是今晚的康桥！

悄悄的我走了，

正如我悄悄的来；

我挥一挥衣袖，

不带走一片云彩。"

这一首耳熟能详的经典诗作《再别康桥》就是现代诗人，散文家徐志摩的代表作之一。

徐志摩，原名章垿，字槱森，留学美国时改名志摩。曾经用过的笔名：南湖、诗哲、海谷、谷、大兵、云中鹤、仙鹤、删我、心手、黄狗、谔谔等。徐志摩是新月派代表诗人，新月诗社成员。1915年毕业于杭州一中，先后就读于上海沪江大学、天津北洋大学和北平大学。1918年赴美国学习银行学。1921年赴英国留学，入剑桥大学当特别生，研究政治经济学。1926年任中央大学（建国后更名南京大学）教授。在剑桥两年深受西方教育的熏陶及欧美浪漫主义和唯美派诗人的影响。

徐志摩的祖上多为商人，文学因子极少。但是，这个家族却出了几位令人瞩目的大作家，不得不让人为之惊叹！金庸是徐志摩的姑表弟，琼瑶是徐志摩的表外甥女。一个家族的人在文坛的出类拔萃少见。

徐志摩和王赓是梁启超的学生，和王赓是师兄弟的关系。他们也是好朋友。

王赓是"武夫"，但是王赓的文学底子并不薄。1921年，文学研究会成立，王赓是早期的会员，编34号。瞿秋白是40号，而徐志摩是93号。王赓文学"资历"之老,叫人意想不到。王赓一直脱不了一些文人脾气,内似璞玉,骨子清高,柔情却不得不在坚强的外壳下隐匿,他与文化圈的人物相互融洽,常有聚会,这样,朋友间的来往自然就多了。

特别是京城里的名士,胡适、徐志摩等代表人物。更甚,为了让妻子陆小曼有一位知心的玩伴,王赓亲自介绍并叮嘱好友志摩多多陪陆小曼出去转转,全然将自己的妻子交给了一位刚刚经历感情挫折,尚在悲痛中,同样需要表达出口的朋友手里去,这是信任,高度的信任。王赓从没想过,自己的妻子和自己的朋友有一天会发展到他意想不到的地步,他总以自己的人格和为人处世的基准来看待朋友和周边,他眼里的情义,让他失去了一个军人应该有的警觉。有时,枪杆子里未必出"政权",笔杆子里却是乾坤广博。王赓的失策交付,不敢想象有一天他真正面对的时候是何等悲怆的心情,男人的血泪,"打脱和血吞"。

京城有一个圈子很有影响力,这是一个地道的文人圈子,1923年,北平西单石虎胡同里成立了新月社,成员大都是欧美归来的高级知识分子,领军人物就是在北平大学任教的胡适博士、教授。其他成员也是出类拔萃的文坛先锋人物,徐志摩是核心灵魂之一。因王赓出入的缘故,陆小曼也是新月社的常客。聪明多才的陆小曼非常受欢迎,胡适对她的评价极高,也极为欣赏和喜欢她,这种爱护的表达几乎贯穿了陆小曼的一生。陆小曼一直是活泼的,也是有表演天赋的,她在新月社表演公益剧目《春香闹学》,陆小曼扮演俏丫鬟,徐志摩扮演老学究,两人配戏相得益彰、精彩无限,慢慢地接触和融合,让这一对都有感情缺口的失落人似乎被些什么悸动堵住了，又似乎在越撕越裂中要决堤，干涸的心田一旦水泽漫布，便有势不可挡的趋势。

陆小曼和徐志摩两人兴趣相投，而且有一个同样的爱好，那就是跳舞。他们的舞技同样得炫，同样得被人瞩目和称赞。电光火石般的激情四射，两人感情迅速升温是必然的。

秀舞场，泡戏台，游景致，都是在王赓应允中的事情。王赓因陆小曼不再纠缠他的时间，还暗自松了一口气，自己有更多的精力投入到工作中，好好地做事。"润物细无声"他不知道，"随风潜入夜"他不懂。他和陆小曼一直是一种"白天不懂夜的黑"的状态。男人可以打天下、坐江山，但是再有气魄的男人，未必可以攻下美人的城池。美人的心，虽不是海底针，但是，美人的感触，需要丈夫真正地去关怀和感觉，情感是一坛酒酿，收藏、密封、调理必须浓度适宜，越久才会越醇厚。

而现在，陆小曼要的是爱情，爱情是一杯茶，需要用最静最纯的心思去品，闻，饮，隔夜就只能重新上一杯了。其实，在陆小曼的世界，她的性子是一个只适于恋爱的人，对于如何去经营婚姻，她一直没有这个巧慧，这是从小养尊处优出来的顽疾，不易根除。陆小曼如果在与王赓的婚姻里，能坚持下去，那么她不需要更多的付出和打理，都一直有这么一位优秀的丈夫永远站在她身旁，不离不弃，这是她之幸，老天带她厚意无限。

时间是一个最好的情感温床，有大把大把的分分秒秒滋养温润的空气。

作为凡夫俗子的任何人，天天浸泡在一处，有共同的爱好，共同的情趣，何来不亲近和爱慕。

小曼与志摩在该遇见的时间遇上了，这是注定的缘分。

当时的徐志摩，正经历了与林徽因的感情撕裂，伤口难于愈合，处于人生的低谷期。而正是因为徐志摩与林徽因的这段感情的错位和朦胧，让多年后，小曼与志摩的婚姻似有似无地多了些许的阻隔和烟雾。徐志摩一生都是浪漫的人，或者说是一直在追寻浪漫的这么一个人。与林徽因的结识，无不渗透着他骨子这种诗人的气质。

徐志摩与林徽因相识于1920年的伦敦。那年林徽因16岁，徐志摩24岁。少女林徽因聪慧淡雅，神思清明，一双笑眼，盈盈波澜，不语也有迷人的风姿。林徽因的不雕琢的天然之美，青年男子皆为之仰慕倾倒。而徐志摩对于林徽因的解读，又独具眼光，诗人的慧根，总能让他读懂这些不一样的才女的心境。林徽因的内里，林徽因的忧郁，林徽因的真正的向往和渴求，徐志摩在与她交往中，慢慢地体会到了最真。林徽因是林长民的长女，徐志摩是林长民的好友，是忘年之交。这样，在异乡他国，这种相互的往来就成了常态，和林长民交流聊天，自然，与父亲一起的林徽因也会作为与谈者之一，此时的林徽因已是初成长，本身的才气使她对新鲜的知识充满了期待。聊到深夜，林长民会打发自家闺女送送徐志摩，这一来一往，独处的两个人，慢步在异国的石板路上，说不出的流连忘返。徐志摩说："我想，我以后要做诗人了。徽因，你知道吗？我的最高理想，是做一个中国的汉密尔顿。可是现在做不成了，和你在一起的时候，我总是想写诗。"徐志摩与林徽因谈诗歌，谈美学，谈艺术，谈他们一触即发都能成为话题的话题。他们的一步步走近，许多情感和家庭上的具体事情摆在了桌面，徐志摩已经结婚，有了孩子，林徽因已经订婚，有了婚约。他们的如胶似漆让林长民感到了为难，选择了不辞而别，没有留下只字片语，包括林徽因自己。后来，徐志摩按照当初对林徽因的承诺，与张幼仪签署了离婚协议，摆脱了这一桩媒妁之言的封建婚姻，但是，约定人已然离去。这便有了徐志摩放弃学业，为爱追随回国，而此时的林徽因已和梁思成公开订婚，这一段无法挽回的感情，成了他的终身遗憾。恰好在这样的一种情形和环境下，徐志摩遇见了她——陆小曼。

陆小曼的活泼，陆小曼的大方与才气，活脱脱的新式女性形象，浪漫纯真，喜好社交，加上好友王赓的嘱托与交付，徐志摩极其自然地靠近了也同样寂寞，苦楚在心头的陆小曼。

这世界上的事情，因缘注定。没有因，就注定无果。有了因，结什么果，就是另一番说项了，靠的是修为与悟性。

第三卷 Chapter·03
倾城之约

很多年后我会想,开始的时候,你是怎样的明媚春风。

马蹄声碎,古道蒿草蓊郁,相对着一茬一茬的寂寂落寞在细长中蔓延开去。我甚至忘了,山那边的望风亭依旧挂着皓月的跫音,到底有多少年了?

我没有吃透,相遇这么简单,而相守的难易,没有隘口的那么深沉,需要攻防策略。

我只是一个小女人,我想笑的时候,全世界都点响着水湄,在你低首时不经意间龇了牙轻轻地回头。

你说一首诗歌的距离,有远近的是时光的不复,我有的是时间描摹你的未来,他们说我是多彩的笔墨,不需渲染,就可作了一幅烟雨的江南图。其实,我深知我无法抒写你过去的一笔,那就让初生的灵魂,重新搅和成一组活泼的水墨长卷。

我是那么地冥思苦想过,遇见你,到底是什么因由。

需不需要探究,是我的孤独,还是繁华中你无法找到回家的路途。

我一再追问，我们这样的骇世脱俗举动，那些默默祝福的人啊！有几个心内在感动，还是，都在看一幅画成后，笑着说有几处剥落的丝绣，掉了。

其实，我什么都没想过。

我的日子，有你的时候，天清气明，毋须我操了这一份多余的心思。

但是啊！有些阻隔，似有云河，我该怎么与你拨开一片艳阳，而我，终是闺阁里抛绣球的小姐，怎么也不能理解，尘世中的一切需要打理，需要细微末节地一一梳理，我到底要什么？是爱情，还是婚姻，或者我顺着你的影子，修葺一个匹配的模样。

尽管失真，也要适应着过。

你终究没有约束我的性灵，如果那样，我必将枯萎死去。

你懂得，付出了爱的所有。在人世间毁灭的一瞬间，长卷飘落。

只有它静静地陪伴着洪荒亘古的静默。

我们约定，我作了你描摹的背影，一生倾城，就此打住。

为你，为一个承诺。

第三卷　倾城之约

第一章
变　故

　　哈尔滨是相当北端的城市，与北平的距离，相当长远。在不发达的民国时期，信息的传递，应该是相对局限的。但是，王赓的上任，没有引来最热烈的欢迎和追捧，而携手同去的夫人陆小曼，倒成了大街小巷谈论的话题。有关陆小曼的一切故事，成了当时小报的卖点，足见陆小曼在京城的风采有多么令人钦慕，她的出行，不亚于今日的大牌明星，到哪儿都会有"粉丝"的极为关注，一言一行成了时代的一个代言，有着不一样的意义。

　　随王赓一起赴任哈尔滨，这是作为妻子的应尽责任。陆小曼同去，这是一种必然的夫唱妇随做法，起初她并没想过离开北平的许多不适应。然而，天气、饮食、居住、琐碎的生活环境，这些哈尔滨都不及北平繁华方便。新地方，知心朋友一时难找，社交场上去了无非应付，这对于陆小曼来说必定是索然无味的，激情不再。更重要的是，有一个小秘密，陆小曼无法说出口，在她心里滋生着无尽的想念和渴望，她想念徐志摩了。

　　陆小曼离开北平是1924年年底，她和徐志摩认识是在这一年的

63

夏天，经过了一个秋季的"漫长"岁月，才发现原来志摩才是自己一生一世的牵挂。陆小曼情感的决口，随着分离的日子，一一被打开，且一发便不可收拾。陆小曼尝到了相思苦，尝到了人世间感情纠结的苦楚，这是她之前从未体验过的情感经历。与王赓的结合，直接将她带入了一个家庭的气氛，这个家庭还偏于封建传统，她其实从没享受过爱情的各种甜蜜，就嫁作他人妇了。在北平的时候，陆小曼极不适应这种无趣的婚姻状况，也不愿意以"王夫人"居称。去王家拜会陆小曼，丫头的通报都是称呼"小姐"，这是一种信号，陆小曼不愿意被这个"王夫人"称呼约束，她还是从前的她，她要做自己，王赓与她在这个家里都是独立的自己，这就是她的想法。

在千里之外的徐志摩，何尝不是同样相思苦呢！经历了感情挫折的他，在见到陆小曼后，被开朗热情浪漫的陆小曼一把火点燃了全部情感积蓄，这是他始料未及的。到底爱情的保鲜度有多久？徐志摩对林徽因的爱搁下了，还是无奈退却后的又一选择？这些是无法考证和理清的，但是，徐志摩为陆小曼付出的一切，将会是最好的答案。

陆小曼按捺不住对志摩的思念，寻了理由对王赓说要回北平。想着小妻子在哈尔滨自己无法更多地陪伴，也无趣，王赓便允了陆小曼的想法。这一放，其后却真正地改变了几个人的命运。王赓将陆小曼推到了志摩面前，他们真正有了时间和空间来抒发情怀与人生。接近，相知，想爱变成了水到渠成，这开渠的人便是王赓自己。

当后来面对诸多无法挽回，王赓怨过自己吗？这样的草率与信任，终成了爱人离开的一道开路"护身符"。

1925年，对于王赓，对于陆小曼和徐志摩，都是情感极度苦楚的一年。也就是这一年,他们三个人之间有了一个彻底的切割与了断。

人与人相遇,记忆不忘的大多是第一次的偶尔相逢留下的深刻印象。而陆小曼与徐志摩遇见其实不然。这要追溯到1924年初夏,一件在北平文化圈非常轰动的事情,尽管这件事的主角不是小曼和志摩,但是,他们就是在这一次活动有了第一次或许只是点头的接触。印度著名诗人泰戈尔受邀来到北平,在5月8日泰戈尔64岁生日之际,北平学界以徐志摩为代表的文化名流在协和医学院的礼堂,为泰戈尔准备了一台诗剧《齐德拉》,算是一个特意的别开生面的祝寿会。剧中,林徽因饰公主齐德拉,徐志摩饰爱神,当时的徐志摩还在尽全力挽救他与林徽因的感情,希望借此契机,能复燃旧情。在剧目演出过程中,俩人表演得淋漓尽致,似乎都能通过潜台词和肢体表达感觉出两人不一样的情怀在极力蔓延和宣泄,这一场完美的表演,当然是受到了泰戈尔的拍手称赞,让他在中国度过了一个难忘的生日。

而后,关于徐志摩和林徽因的故事又开始传开了,情事重提,让林长民和梁启超都挂不住脸面,于是才有了后来的梁思成与林徽因急急出国留学的举动。这是当晚的精彩呈现和另一幕一般人无法看透的剧目,在这个剧目中,有一个人充当了群众甲或乙,但是,又不得不承认他们的相遇缘分。

在这场演出中,陆小曼不是演员,而是工作人员。她站在礼堂门口,专门售发演出说明书。据当天晚上一位叫赵森的年轻人回忆:"在礼堂的外部,就数小曼一人最忙,进来一位递上一册说明书,同时收回一元大洋。看她手忙脚乱的情形,看她那瘦弱的身躯,苗条的腰肢，眉目若画，梳着一丝不乱的时式头——彼时尚未剪发——斜插着一枝鲜红的花，美艳的体态，轻嫩的喉咙，满面春风地招待来宾，那一种风雅宜人的样子，真无怪乎被称为第一美人。"赵森的回忆，刻画出一个娇艳的小曼。而当时在志摩眼里，只存有林徽因的身影，且小曼与志摩并没有任何交集，他们连匆匆一瞥，甚至一句"你好"或点头的招呼都没有，纯粹的萍水相逢，冥冥之中的擦肩人，没有谁会想到有一场惊天动地的爱情故事在等着他们一起热烈地上演。

同样有着艺术细胞和艺术气质的一类人，自然相吸是迟早的事情。在这场惊天动地的爱情剧中，有几个"推波助澜"的关键人物，值得一谈。

胡适先生，便是其中一位。他是小曼和志摩爱情的见证人，爱情剧的推动者之一，后来也就成为了两人再婚时的证婚人。胡适是徐志摩的朋友，据说胡适先生也是梁启超的弟子，如果是，他们也算同门之谊。虽然这个中间的曲折原由颇多，尚未有更多的考证，但是，关于胡适对陆小曼和徐志摩两人恋爱的态度，倒是有些清楚的记载。胡适先生是现代著名学者、诗人、史学家、文学家、哲学家，是提倡文学改良的领袖之一，新文化运动的发起人之一。他是第一位提倡白话文、新诗的学者，致力于推翻两千多年的文言文，与陈独秀同为五四运动的轴心人物，对中国近代史产生了较为深远的影响。曾担任国立北平大学校长、台湾中央研究院院长、中华民国驻美大使等职。胡适先生兴趣广泛，著述丰富，在文学、哲学、史学、考据学、教育学、伦理学、红学等诸多领域都有深入的研究。1939年还获得诺贝尔文学奖的提名。就是这么一位当时名噪一时的人物，对陆小曼的评价是：北平城不得不看的一道风景。胡适先生对陆小曼的赞誉，实则包涵了许多，既欣赏，又喜欢，同时也有佩服之意。陆小曼的无羁个性，陆小曼的真诚率真，陆小曼的才学气质，都是新文化运动中凸显的人性解放的构成要素，坦荡追寻，冲破束缚。小曼与志摩的恋爱，恰恰应了一个景，给了许多人一个希望的范例参悟。旧时代和新时期的剥裂中，旧式婚姻的苦牢，不但是名媛小姐的痛楚禁锢，也是才子绅士们破不了的死局，媒妁之言的婚姻，让几千年的封建婚姻模式保持一成不变的死水一潭状态，没人能从这个格局中潇洒地走出。就说这北平城，多少人希望走出这种制约人性的封建联姻，却又无可奈何地承接着一载又一载，等待曙光的一现。或者，人们都在用期许的眼神观望着小曼和志摩的爱情走向，这种叛逆也许会为那些按捺的婚姻绳索打开一个解套的借口。胡适先生就是典型的封建婚姻的"参与"者，而一直未能从旧式的婚姻牢笼中走出，尽管他本人一直致力于新文化运动的开拓，但是对于打破封建婚姻的牢固链条显然还是力量有限。类似的凝望关注者不在少数，他们都希望促成小曼和志摩二人婚姻，为自己树立一个榜样，进而可以借鉴而行。

著名画家刘海粟也是小曼志摩感情长跑的拉拉队主力之一，他的义气介入，很大程度上帮了两人的大忙，这桩婚姻，刘海粟算是外因的促成者。关于志摩和小曼二人的感情原委，先生有许多回忆，道出了当年的真实。刘海粟是陆小曼的第一位正式绘画老师，当时的陆小曼，在绘画上颇有水准，得了母亲真传的她，习画多年，灵气十足，有板有眼。刘海粟第一次见到陆小曼的作品时，就毫不掩饰地赞誉了一番，觉得她是一个作画的好苗子，在场的徐志摩赶紧随声应和，称刘海粟眼光独到,并极力撮合陆小曼拜师学艺。就这样,刘海粟与陆小曼的师徒情谊结缘了,陆小曼正式成为了刘海粟的弟子。在小曼志摩的艰苦寻爱过程中,一向对封建制度极为不满的刘海粟,为了陆小曼与王赓这一桩包办婚姻的解除,不惜亲自前往上海游说王赓,促其放弃这段婚姻。这惊世骇俗的举动,在当时没有几人能做到。中国人有自己的为人处世之道,"伸手不打笑脸人","劝和不劝离"的传统,遵循延续至今,刘海粟先生甘冒"天下之大不韪"风险,管了他人的家务事,岂不自寻苦吃?

只因一句:"这样下去,小曼是要愁坏的。她太苦了,身体也会垮的。"刘海粟便义无反顾,趟了这一次浑水。

第二章
告　白

小曼走到志摩身边，舆论和压力在某种程度上演变成了助推器。

流言蜚语，历来具有相当的杀伤力，人们时常说的一句俗语"唾沫星都能淹死人"，就是形容不良舆论的强大力量。当然，也会有意想不到的积极作用蓄积产生。

徐志摩回国后，与好友王赓性情相投。逢了周日，王赓的休息日，王赓便拉上陆小曼一起，三人不是去郊区看看红叶、山景，就是在今雨轩喝茶，有时也去跳舞。徐志摩是文人、诗人、艺术家，在陆小曼眼里，才华横溢，谈吐非凡。一直对他充满了敬仰，也就会经常请教些文艺上的问题，一来二往，两人相处很融洽，也愿意交往。慢慢地，王赓工作多起来的时候，干脆就叫徐志摩陪着陆小曼一起出去走走，看风景、听戏，一些娱乐活动场合渐渐就只剩下他们两人的影子。即便当初志摩有这个心，其实他也没这个胆子，毕竟"朋友妻不可欺"，加上虽然两人的感觉迅速升温，但是偌大一个北平城，两人也不是普通人物，也会懂得适可而止。陆家是名望人家，王赓是有头有脸的人物，一下子拆了自家的脸面，起初谁愿意？

但是，才子的光芒，名媛的张扬，又在各种社交场合出双入对的他们，给了许多人无限的想象空间，逐渐地，铸就了谣言的温床。繁衍先从地下开始，没有谁能压抑住这种惯性思维，稍微有点见识的人都会猜想，推测、生疑是肯定的。当然不一定摆在台面上来谈，有的私下悱恻，也有小道传播者。或许彼此坦然，对于没有的事情，陆小曼是大方开朗的，不甚理会。而志摩是受过西洋文化淘洗的开化人，更不会在意这些，加之他的传闻一桩接着一桩，也不需要成天地计较这些，自寻烦恼。两人不但继续交往，而且更加频繁。但是，似乎这些绯闻有增无减，况且王赓当时已经调任到哈尔滨任警察局局长，山高水远的，夫妻团聚很少，自然容易引起有心人的传说，大有愈演愈烈之势头。开初的单纯好感经过这一激化，反而逐步增温，压力产生了能量，蠢蠢欲动的爱情感觉代替了朋友间按捺的别样情愫，疆域一旦破了界线，挡也挡不住地势如破竹，这是理智也难以控制的情感迸发。于是，两人的情感便真如外界所愿聚集升温。此时，远在哈尔滨的王赓还在为他与陆小曼的未来世界打拼着，当然，这个男人很大程度上也是在为他自己的事业辉煌而奋斗。

男人与男人的较量，职场上的对决，表现得更为直接和决绝，无非以输赢、得胜、有利、地位、金钱等来衡量彼此的盛斗结果。男人的雄风、男人的机智、男人的气势、男人的手段决定了最终走向，这是自然界弱肉强食规律在人际交往中的必然体现，有因可循。江山如此多娇，一手打天下的男人，在感情的战斗中，就不尽然了。比如王赓，他是响当当的年轻将军，一方才俊，名震一时，在这一场胜券在握，似乎没有悬念的感情决斗丢盔弃甲，或者，他就一直懵懂在粉饰太平中，战火延绵燃烧了千里，依旧没有烧灼感。他是太信任自己的太太陆小曼，还是根本没有一个将军的警惕意识，最终在自己家门前缴枪弃械，这个胜利者是同门师兄弟，虽没真实的手足之情，但也是信任、志趣相投之人。很多人会将王赓与陆小曼的感情变故归结于陆小曼的不忠，或"水性杨花"、难耐寂寞。这些编撰的理由，当然也附带上了徐志摩的影子，两人的情感出轨，让在军界的王赓受到了异样的眼光。王赓之败，败在他是工作狂，他是一个有高度社会责任感的男人，眼里写满了"事业"二字，绝大部分时间奉献给了办公室。他在婚姻家庭中，不是一个合格的丈夫，或者他不善于儿女情长式的嘘寒问暖，关怀备至，他不是一个浪漫的人。他留洋多年，与同样留洋的徐志摩相比，骨子里对爱情的追寻大相径庭。王赓宠爱陆小曼，给她最好的日子过，给她足够的空间玩，也给他认为能带给她荣耀的将军夫人冠冕，他认为这些都是对妻子的最好，这样的生活就是好生活。他需要一只高贵的"猫"，等候主人的爱抚，在温室中娴静地开放，而这恰恰是陆小曼不需要的所有。陆小曼天生来就家族富裕，父亲不但是高官，也是一家银行的创办人，财大气粗，从小就是锦衣玉食的生活。她自由，陆家只有这么一个孩子，全家都由着她，给她最好的环境和待遇，她是高门的孩子，陆小曼缺什么？她缺一个懂她、读她、爱她的伴侣，能真正看到她的存在，她的喜怒哀乐，但婚后一直没有得到这些，王赓的时间给不起她这些。于是，她便早睡（凌晨）晚归，在漆黑的夜里绽放光芒，她在人前光鲜掩饰着自己的不快乐、不幸福，极力展示绚丽，这许多不便为外人道的苦楚，无处诉，无法诉，她消极抵抗着。

世界之大，高山流水的和谐，总会遇到知音人。而闯入她性灵深处，开启她另一扇门的人，不是知己，也是红颜，才会有更多的爱意去研磨她的精神世界。

陆小曼在《爱眉小札》序（二）中写道："在我们（她与志摩）见面的时候，我是早已奉了父母之命媒妁之言同别人结婚了，虽然当时也痴长了十几岁的年龄，可是性灵的迷糊竟和稚童一般。婚后一年多才稍微懂人事，明白两性的结合不是可以随便听凭别人安排的，在性情和思想上不能相谋而勉强结合是人世间最痛苦的一件事。当时因为家庭间不能得着安慰，我就改变了常态，埋没了自己的意志，葬身在热闹生活中去忘记我内心的痛苦。又因为我娇慢的天性不允许我吐露真情，于是直着脖子在人面前唱戏似地唱着，绝对不肯让一个人知道我是一个失意者，是一个不快乐的人。这样的生活一直到无意间认识了志摩，叫他那双放射神辉的眼睛照彻了我内心的肺腑，认明了我的隐痛。"

一记深深懂得的投射，便让生活起了波澜。陆小曼痛恨这自欺欺人的日子，总想在无望中找到一个真实的出口。她在日记中写道："其实我不羡富贵，也不慕荣华，我只要一个安乐的家庭，如心的伴侣，谁知连这一点要求都不能得到，只落得终日里孤单，有话都没有人能讲，每天只是强颜欢笑地在人群里混。"陆小曼需要一个了解她、理解她、安慰她、关心她、欣赏她、爱护她的知己，需要一次轰轰烈烈的爱情故事来证明自己的存在与价值。她是名媛，她和许多名媛一样，个性不甘，却又在冲不破的牢笼里悄悄嘶吼，无可奈何地寂寞。

张爱玲说："于千万人之中遇见你所遇见的人，于千万年之中，时间的无涯的荒野里，没有早一步，也没有晚一步，刚巧赶上了，这就是缘分。"两个内心极端空虚痛苦的人，发现对方都是心地单纯，充满美好的人，于是自然地同病相怜，到互相需要。这样的慰藉天长日久，迸发了深厚的情感，激发着强烈的爱情渴望，水到渠成。越发久了，便发现离不开这种微妙的真实，流淌的情愫宛如初恋般甜蜜纯真，就像在沙漠里久不遇甘泉，逢了一滴雨露便是一汪海洋的滋润，一发不可收拾地离不开对方。当陆小曼和徐志摩发现这种情感的危险，除了有些害怕，更多的是内疚，但是爱情的力量会让人身不由己，心不由己。在他们眼里，追逐自己所爱，轰轰烈烈活一生，总比这样痛苦下去，来得直接和干脆。来人世走一遭，都这么瞻前顾后，为自己的懦弱所累，不是志摩和小曼的性格。这是五四运动中一股蠢蠢欲动的封建缺口撕裂，敢于尝试和反叛的人，是勇者，也是革命者，也许还会是这场新战役的祭旗者。他们没想得太多，只是活一回自己而已。

陆小曼告诉徐志摩："从前，她只是为别人而活，从没有自己的生活，她的生活都是别人安排好的，是别人要的，不是她要的。"王赓是陆定和吴曼华以政治投资者的眼光为陆小曼挑的夫婿，也是陆家人压的一块宝。他们一直以一种政治家的、商人的头脑来考虑问题，掂量砝码的比重。陆家有财，王赓有才，匹配得天衣无缝。除开另一个主角陆小曼的想法，这一场婚姻是互赢的。但恰恰是他们没有想到过的问题出现了，陆小曼不是一个封建教徒，她是有着西洋学问和西洋观念的新式人，是一个独立的个体，不再以一种依附的姿态出现在公众视野和家庭生活中，这是与她母亲吴曼华以德从夫，以娴为人的名媛作风大相径庭的。一般的官宦富甲，夫君主外，夫人从内，分工极其明确，包括身边的裙带关系，也是尊卑荣辱、次第分明，而"小龙"陆小曼探底破了局！

对外界的传言和蜚语，陆家人如果不气，那肯定是假的。即使换作普通的父母，对于仍然有着婚姻关系，女婿优秀在外打拼，自己的女儿却闯出些"红杏出墙"的故事，两位老人在外抬不起头，也是自然。还好，陆定和吴曼华算是文化人，都能容忍克制些。但是，经常出入自己的亲戚家，总会有自家人问及或表情上暗示着不屑，这是吴曼华不能承受的，陆小曼当然也难过，可以想象到当时的舆论压力有多么大。京城是陆家人的生活圈和交际圈，陆家人受到的打击可想而知。热恋中的人，天不怕地不怕，"小龙"陆小曼有枷锁都不怕，徐志摩怕吗？

徐志摩说："我之甘冒世之不韪，乃求良心之安顿，人格之独立。在茫茫人海中，访我灵魂之伴侣，得之我幸，不得我命，如此而已。"诗人的灵魂，诗人的作派，诗人的语言，徐志摩式的爱情表白，如果算是一种向封建婚姻制度和感情围城的宣战口号，那么也算经典了。这话的分量和波澜，快一个世纪了，依旧如晨钟般响彻云空，惊了林中"群鸟"醒来。时至今日，有多少人能坦坦荡荡地，为知己爱人在世人面前宣读这样的"告天下书"？恐怕即使当下如此的新社会开放思想下，同样的情形，也没几人能做到。这就是徐志摩，与众不同的诗人。许多后人认为徐志摩因为三个女人而名扬天下，与原配夫人张幼仪一直藕断丝连的家庭关系，理不清的前缘后事，以及张幼仪侄孙女张邦梅出版的实录《小脚与西服》，让徐志摩的爱情故事有了新的注脚。梦中的林徽因，梦外的真实追寻，到底徐志摩如何地爱着一代才女，还是民国四大美女之一的林徽因心里一生都有徐志摩，这不得而知的谜团，后人不断地根据自己的思维和推论在辩证中。当然，最终的主角还是落到了他的"眉"影子里，而因"眉"他才有了诗魂，"眉"因有他才觉得生命有了意义，谁成全了谁，谁又是谁的唯一？都不是，或者都是！

半累烟云遗惠在　最美不过陆小曼

第三章
流　言

　　京城越演越烈的"桃色"风声，自己的小妻子与挚友之间的爱情火花，让每一个正常男人都会倍感屈辱，特别是这个红线的搭牵，几乎是有王赓自己一大半的功劳在里，这不得不令他特别的沮丧和憋屈。王赓恨，也怨！他恨不得将徐志摩如何如何，太多的气话狠话，都是男人口中的保卫之词和战斗宣誓，比如心里有"碎尸万段"、"五马分尸"、"杀了你"、"枪决你"等无数字眼。无数多场景他肯定都想过，这绿帽子戴得"细雨微风润无声"，一点特别知觉都没有。陆小曼侄孙邱权回忆道："王赓他这个人太善良，他把所有的人想得都和他一样的。所以他觉得自己没空，徐志摩是我的好朋友，那么，你正好可以帮我这个忙，帮我太太解决精神上的寂寞和空虚。"王赓亲自将自己的爱妻送到了别人的怀抱里。他对亲人、朋友的信任是无条件的，这与他处事做人的价值观息息相关，是一种硬朗刚直的形象，有男子的气魄。或就是因侠骨里的柔情内敛，对于事业的激情追寻和忘我责任感，他无法将性格打磨成风花雪月的多情公子模样，军人承载的苦难、悲喜、荣辱很多时候都是一个人消化，他的内心世界陆小曼走不进去，他也没有技巧和时间走进爱妻的精神世界里。他和所有的中国式封建男人一样，希望有一位温柔贤惠的妻子等待他回家，在一个安静的港湾里掌一盏灯，有橘红的希望摇曳。

王赓要得就这么简单，他觉得这是每一位妻子应尽或应该做到的事情。但是，陆小曼不是封建因子胞浆的女子，她骨子里的叛逆，用今天时尚的话语来说，叫"人性的追求"，她要自由，习惯了无羁，天性上不喜欢被束缚，"潜龙在渊"，这感觉让这条"小龙"怎么能习惯长久？如果是一条真正的龙，都会择机一飞冲天，这就是龙的本能和宿命。陆小曼是"小龙"，小龙总会成长，发展，懂得，腾飞。

陆小曼说："真爱不是罪恶，在必要时未尝不可以付出生命的代价来争取，与烈士殉国，教徒殉道，同是一理。"这样铿锵的爱情宣言与徐志摩遥相呼应，不得不说这是多么惊天动地的一件事，在那个还处在封建思潮下的京城，这在挑衅谁，丈夫王赓，还是包办婚姻的苦楚？总之，这块石子丢得响声很大，时机也很巧。用郁达夫的话说："志摩热情如火，小曼温柔如棉，两人碰在一起，自然会烧成一团，哪里还顾得了伦教纲常，更无视于宗法家风。"

20世纪20年代，受到西方新思潮的影响，城市青年男女的婚姻状况已有很大的改变，1922至1923年，有人对835位来自社会各阶层的人做了一项全面调查，395名已婚者中有21人自订婚姻，占5%。在315名未订婚约者中，愿自订婚姻的为273人，占到了86%。从这些数据中可以看出，婚姻自主观念正在增强。与此同时，离婚也被越来越多的人所接受，1921年到1925年之间，在上海，由女方提出的离婚案占到总数的14%，离婚作为一种追求婚姻自由的表现与手段正在为越来越多的人所接受（引自《尘土飞扬——徐志摩·陆小曼》）。女性解放的程度，或许在主动提出离婚案的比率上，能说明一些动向和情况，这是民国时期一种积极的现象，女性敢于在婚姻中说"不"，说"离"，这是对包办婚姻制度和女性人性禁锢的最大抨击。而陆小曼所处的生活状态和社会地位，使她在婚姻关系的抉择上，多了舆论点和看点，受人瞩目的程度更高，有一定"标杆"作用。

志摩与小曼的恋爱超出常理，遭到了许多人的反对，几乎呈一边倒的架势。除了少数暗地里使劲的文学圈子朋友，他们的爱情是不被看好的，但是两人的态度却非常坚决，志摩告诉小曼："恋爱是大事情，是难事情，是关生死超生死的事情——如其要到真的境界，那才是神圣，那才是不可侵犯。"话虽然这么说，但他们毕竟都是生活在现实中的人，也算是小有名气的人，小报上，圈子里，亲戚朋友的指指点点让小曼遭了许多白眼，不屑的眼光和轻蔑的言语如何让高傲的小曼承受得了。一个是使君有妇，一个是罗敷有夫，志摩思前想后，为了小曼，为了自己，他需要理智对待，悬崖勒马现在还来得及。如果两人分开，见不到了，没有温床滋养，必定不会再交集深陷下去。尽管志摩千万个不情愿，也曾经发出过自己的铮铮誓言，但是，生活是生活，爱情是爱情，一旦涉及周围的人情世故，很少有人能扛得住这精神的逼迫。这个时候，正好赶上泰戈尔的热情邀请，来函邀他去意大利同游。1925年2月，徐志摩和陆小曼的流言满天飞，局面尴尬，一塌糊涂，王赓虽然没有捅破这层窗户纸，但是，各种场合上不利于小曼的刺痛，让他不得不考虑小曼在人前人后的感受，他再这样下去只能是毁了小曼。胡适也觉得他该出去避一阵风头，让自己冷静下来，认真地思考如何做，也做一些真正的谋算。出去走走吧！徐志摩决定那一刻，最伤痛的肯定是小曼。不过，更为戏剧的是王赓陪着陆小曼送行徐志摩，这不得不让人佩服王赓的定力和胸怀。

望着一个泪眼婆娑，一个难分难舍的眼神，不知道王赓是怎么吞下这口气的。男儿的泪在心头，打脱牙和血吞，军人有这个气质！这种送行场面注定尴尬，王赓像极了一位冷漠法官，执杖一次离别的案件。小曼极力掩饰着心里的难过和眼角的泪水，王赓说："你哭了吗，你心里难受是吗？"

小曼说："我从前常听人言生离死别是人生最难忍受的事情，我老是笑着说人痴情，谁知今天轮到了我身上，才知道人家的话不是虚的，全是从痛苦中得来的实言。"陆小曼很少经历分离的场面，即便王赓离开她去哈尔滨赴任，她也是没有这份牵挂的情感流露，倒觉得是非常正常的一件事。如今，爱情的感觉和力量，让她真实地了解到了情人的分别为何像书上说得那么痛苦不堪，唱的、说的，原来都是真的。陆小曼的一举一动，一言一行，点点滴滴刻画在王赓心里。王赓知道小曼和志摩的感情是认真的，两人契合得已经无法分离。而王赓也自信地认为，自己对妻子的好，对妻子的执著，以及无微不至的生活给予，那是旁人无法企及的。他一直在以一位亲人或者哥哥的角色照顾着小曼，宠溺着她，她的需求他定会满足了，除了成天的陪伴和浪漫的表白，他都能给她最好的。王赓是一只独立作战的嘶吼的狮子，他面对的是志摩和小曼两人牢不可破的感情防线，这是一堵看得见摸不着的战线，下手的切入点，他都无法找准。他或许认为，志摩的离去，将是三人噩梦的终结，从此，他的小曼依旧是他的太太，虽然都不是从前的那个她（他），但是，以他哥哥的宽怀和容忍，两人仍然会有更好的明天值得期待。

志摩这一走，小曼本来羸弱的身子一下子更加糟糕，越发地瘦弱，精神不济。不管什么办法，开什么药方，都不能使她的病症减缓下来，这成了一块心病。志摩在欧洲，何尝不是寝食难安呢。"衣带渐宽终不悔，为伊消得人憔悴。"这是对每一位热恋中的情侣思念之切的真实写照。

"无情不似多情苦，一寸还成千万缕"。其实，爱情最怕的就是时间和空间的阻隔激发，很多情感都是阻挠后的激烈迸发。如果一根绳子打上了死结，越是想尽快解开，越是慌乱易出错，再用力相扯反而更紧更牢固。

分离不算什么，分离后的野火，燎原地燃烧起来，这才是症结所在。徐志摩的远走，促成了他与陆小曼的感情递进更深更厚，"天不老，情难绝。心似双丝网，中有千千结"。彼此的思念，到了饮食难咽，寝食难安的境界也不为过，一切顺理成章地都在压抑中厚积薄发地等待着。

第四章
分　离

　　诗人的情感，比普通人更为细腻、奔放、热烈，文字的宣泄，就是情感的宣泄。要真实地了解他们，就得倾听他们来自心海的波浪翻滚，一种声音汇聚的生命起伏，交错的铿锵，饱满而充沛地全都付诸笔下，徐志摩是这样的诗人。林徽因曾经是徐志摩诗歌迸发的源泉。林徽因很美好，和徐志摩相遇时，林徽因十五六岁的妙龄，像清晨含露的早栀子，不仅芬芳摇曳，洁白无瑕在初夏的炽热中，一阵阵暗香浮来，百花不及地自由、独立、清贵。栀子既有清傲洁净的气节，又有淡然悠闲的君子品节，林徽因对于徐志摩无疑是诗中一朵含苞欲放的栀子，充满了诱惑。在遇见陆小曼后，徐志摩诗歌的灵感空前凝聚、奔放，创作激情空前热烈，作品的拓展和延伸也达到一定高度和广度，新诗代表作越来越多，其中最令人向往和称颂的是那首《雪花的快乐》：

　　　　假如我是一朵雪花，
　　　　翩翩地在半空里潇洒，

半累烟云遗惠在　最美不过陆小曼

我一定认清我的方向——
飞扬,飞扬,飞扬,——
这地面上有我的方向。
不去那冷漠的幽谷,

不去那凄清的山麓,
也不上荒街去惆怅——
飞扬,飞扬,飞扬,——
你看,我有我的方向!

在半空里娟娟地飞舞,
认明了那清幽的住处,
等着她来花园里探望——
飞扬,飞扬,飞扬,——
啊,她身上有朱砂梅的清香!

那时我凭借我的身轻,
盈盈的,粘住了她的衣襟,
贴近她柔波似的心胸——
消融,消融,消融——
融入了她柔波似的心胸!

"她身上有朱砂梅的清香!"这个她,就是陆小曼。这首诗歌徐志摩创作于1924年12月30日，发表于1925年1月17日《现代评论》第一卷第6期上。这个时期正好是徐志摩和陆小曼如胶似漆的热恋期，"一日不见如隔三秋"来形容他们的想念是再不为过了，尽管许多场合他们也可以见面，毕竟在公众面前不敢造次。道德底线在任何年代都是不能逾矩的，那是有悖常理，会受到舆论和道德的谴责，不但身败名裂，人也无立足之处。徐志摩的诗中，爱情诗是他全部诗作中最有特色的部分，抒吟了他对爱与美的追求。有时以自己的感情基础为背景，有时则以假想的异性为对象。在这首《雪花的快乐》中，徐志摩把它作了升华，既将对爱情的追求和改变现实社会的理想联系在一起，包含着反封建伦理道德，又有要求个体解放的积极因素，真挚、热烈、清新、自然、真切地表达了他对一切美好事物的执著追求。这是徐志摩新诗的一个高度，这首《雪花的快乐》收录于徐志摩诗集的首篇中，也别有新意，其地位和影响力可想而知。陆小曼在举手投足，一顾一盼中的流彩都成为了徐志摩笔下的抒情影子，爱情的动力。爱情的快乐带给了志摩前所未有的诗作冲动感，与小曼热恋间，许多优秀的诗篇新鲜出炉——《春的投生》《一块晦色的路碑》《翡冷翠的一夜》等等。这个时候，小曼几乎成了志摩的诗源。徐志摩说："我的诗魂的滋养全得靠你，你得抱着我的诗魂像母亲抱孩子似的，他冷了你得给他穿，他饿了你得喂他食———有你的爱他就不愁饿不怕冻，有你的爱他就有命！"陆小曼本身是文艺爱好者，也有文艺的天赋，她出生在官宦，同时也是高级知识分子的家庭，父母皆有好学问。母亲对于书画有相当的造诣，耳目晕染的陆小曼也是这个领域的追随者，只是家庭太过优越，加上母亲为她定位的方向就是名媛夫人的走向，以至于开发的宽度和广度还是受限。如果当初吴曼华立志于要将女儿培养成职业女性，那么，陆小曼的建树，也许会更早成功，生活和人生道路会有不一样的境地。这样的小曼和志摩在一起，也算是志趣相投的缘分人。小曼对志摩的才华敬仰钦慕，志摩为小曼的风采和性情着迷，两人语言想通，话题相融，有着极大的相互吸引力，这是文艺家烂漫情节的源泉。或许，小曼与志摩都有一个非常相似的特征——对感情的向往，他们都喜欢一直恋爱着的感觉，保持着对爱的新鲜度的追寻，对于婚姻的经营，似乎都有那么一点儿不经意的散漫慵懒，如何过日子，两人的日子是怎么样的，怎么打算日子的未来？两人都是懵懵懂懂的孩童。曾经家庭给两人做主的婚姻安排，导致两人都没过多去考虑如何将日子和家庭打理好，婚后就这般地顺其自然发展，一种消极的应付。两人遇见，心性和经历相近，擦不出火花，倒是奇事一桩了。

新月派的典范诗歌中，《雪花的快乐》算一首，开启的新诗风格，受追捧的程度、影响力可见一斑，在徐志摩的文学成就里也算举足轻重的一笔抒写。这是小曼赋予他的诗歌灵魂，志摩的诗歌是爱情滋养的"孩子"，一直都是。

徐志摩去意大利与泰戈尔相聚同游，没有向家庭伸手，而是在恩师梁启超等人处筹措款项，费用大致可以支撑三个月的出游花费。在启程前一晚，3月10日，新月社的朋友集体为他饯行。酒宴上，小曼纵酒大醉，志摩站在旁边，心里很明白这种感受，却不能表白什么，小曼连着叫："我不是醉，我只是难受，只是心里苦。"王赓在旁，志摩稍微一松感情的决口，马上会引起一场不愉快，他已经是决定了远走逃离的人了，有什么权利再关心爱护她，有什么资格劝阻安慰她？志摩所有的悲情，似一把锥子刺伤着自己，急，悲，恨，怨，愤，一股股地涌上心头，如果当时的小曼开口一句挽留的话，或许志摩会不顾一切，不顾毁誉损名，不顾什么身份，他都会迎头而上。但是，她没说不该说的，他也没做不该做的，就像第二天小曼和王赓送他到火车站一样，保持着伤痛的距离，三人的痛，一场别离宴席，一次哀伤送行，有可能就是这个岔路口的终结，各自回到各自的路上，做着相同的事，梦着当时的梦，想着圆点是圈圈，走走就圆了。

后来知晓，酒筵散后，志摩给小曼写信一直写到第二天凌晨三点。几乎一夜都没睡，第二天便登上了火车，取道西伯利亚前往欧洲。他将这次出国叫做"自愿的充军"。3月26日抵达柏林，这时泰戈尔还没来意大利，当即去看望张幼仪。但迟了一个星期，他的次子德生（彼得）已于19日患脑膜炎夭折。这对于志摩无疑是雪上加霜，痛失爱子，痛失爱人的两重打击，令志摩心灰意冷。失去宝贝儿子，张幼仪的难过，不亚于徐志摩。张幼仪从胡适电报中知道了志摩与小曼的事情，虽然她和志摩早已脱离了婚姻的束缚关系，但是，依旧无法改变志摩在她心中的地位。张幼仪是贤惠通达的女子，好媳妇，不管与志摩有无婚姻瓜葛，都被徐家公认为"正牌"的儿媳妇。张幼仪在志摩遇难后，一直抚养徐志摩的孩子，孝敬徐家老人，成为封建媳妇尽孝公婆的"典范"，自身也是非常优秀，从失意中坚强站立起来，开公司，做实体，在商场玩得风生水起，证明了志摩口中的"土包子"是熟谙社会，能干过人的职场女子。后来不但管理徐志摩家庭的大小事务，徐志摩匆匆走后，还一度接济窘迫的陆小曼——她知道陆小曼花销很大，又没有经济来源，所以主动替徐家人照顾好陆小曼。这种大情大义的做法，作为一位女子的胸襟和气魄，徐志摩的确不如三分。这是一段插曲，但是，从中可以看出在徐志摩的感情历经中，谁成全了，谁又负了谁，或者谁的情谊，在延伸中。

徐志摩陪着张幼仪散心两周后，泰戈尔依旧没有到来，便一个个挨着去拜访之前的老友。这一段时间，他白天用这些出访的行程填充了思念的时间。孤独的夜晚，志摩越加想念小曼，接到胡适的电报，关于一点点信息他都会伤痛许久。小曼病了，小曼思念他了，小曼的一切越洋而来，牵动着万里之外的他的全部心思。他很想回国了，但是泰戈尔还没确定行程，只好耐心地按捺住心中的思念之情，慢慢等候。最终的行程敲定后，志摩依旧在安心的等待中，直到一封关于小曼病重的电报撕开这个感情的口子，志摩再不等了，爱人的一切充满了整个心思，留下信件于泰戈尔，尽快地办好相关签证，徐志摩奋不顾身地回来了，他要为小曼而抒写另一个人生！

第五章 成　全

小曼太想念志摩了。这个"病重"有些言过其实，但是，志摩并没有半分埋怨和生气，大洋彼岸的无数多封电报，何尝不是以鸿雁的信笺慰相思之苦呢。只要一个恰当的缘由，或许志摩早就做好了扑向归途的决心，只是，时候不到，机会未到。这样的电报无疑是一封喜讯告书，求之不得地下了台阶，又了了相思之苦的烦恼。

志摩的回国，给了小曼一剂兴奋剂，但是，对于王赓来说，却是栽种了担心和内火。

王赓乘着调往上海任职的契机，加急电告陆小曼，算是一个通牒：一、请她放尊重点；二、请她火速去上海。婚姻和家庭变故闹得沸沸扬扬，哈尔滨工作一段时间后，王赓调往了南京，随后到了上海。小曼已经有离婚的心思了，他日夜思虑不安心，但是他不想轻易失去小曼，他是一个普普通通的男人，也是想在事业上有所发展和作为的一个积极男人。在结婚的几年间，小曼和志摩恋爱风波带给他的打击难以用语言表达，在人前人后，取笑的、同情的，他没有办法不沉默，沉默是唯一的出口。试想一个男人，遭遇这样的"滑铁卢"，痛苦着活得明明白白，需要很大的勇气。于是，要保住这段婚姻，需要换一个环境，改变一下心境，重新开始磨合相融。因此，在工作一旦稳定下来的情况下，他首先想到必须将小曼接回家，小曼是在上海生活过的人，十里洋场的热闹非凡，很适于她的生活习惯和游艺理念，应该是具有一定诱惑力的。王赓的忍让和沉默，是大哥哥，也是军人素质的体现。"男儿有泪不轻弹"，如果真爱自己的妻子，给彼此一个机会，好好地继续下去，这样一个男人承载的优秀，很多人也许会为他鸣不平，但这也正是他不适合小曼的所在。对错不在于时间、地点、机遇，在于遇见的两个人是否同路。丈夫的要求合情合理，小曼没有办法拒绝，于是，在母亲的陪同下，去了上海的新家。

"这才是我心目中的理想伴侣。可是，我们相识在不该相识的时候。"显然，小曼的心早已不在王赓身上。浪漫的文艺家，有着浪漫的思维实属正常。小曼和志摩决定私奔去西湖，吴曼华发现了他们的动向，寸步不离小曼身旁。对于女婿王赓，当初吴曼华是千万个满意的，王赓年少有才，性情气质俱佳，名校的"海龟"，还是未来将军的人选，一步之遥的门槛，前途是触手可及的高度。况且，王赓对吴曼华夫妇也极其孝顺，更重要的是王赓一门心思在小曼身上，没有半分二心，这样的女婿打着灯笼也难找，吴曼华怎么可能让女儿失去这么一位好夫婿，自己的半个儿子呢！王赓家庭单纯，父亲离世，陆家算真正地得了一个优秀的儿子，这样的好事不是各个家庭都能碰到的，吴曼华看得很清楚，同时也有将陆家的面子保存完整的意思。因为小曼和志摩的恋情，以前那些将小曼捧上天的人们，现在，恨不得把她的声誉踩入地下。好时你是公主、是天使、是大家心目中的偶像。现在，你是受唾骂的摘了冠冕的明星，荆棘布满在前行的路上。"可爱可敬的小曼，当年就是在那些自以为是反封建实际上封建得可以的文人雅士们的唾沫中遭际不幸的。"刘海粟是陆小曼的老师，也是徐志摩无间的挚友，一直关心关注着她与志摩的感情发展，对于陆徐二人的故事有着更多的感动。郁达夫说："志摩和小曼的一段浓情，若在进步的社会里，有理解的社会里，这一种事情，岂不是千古的美谈？"这是一种惋惜，还是无奈的怜惜？

志摩说："曼，我已经决定了，跳入油锅，上火焰山，我也得把我爱的你洁净的灵魂与洁净的身子拉出来。"

小曼说："做人为什么不轰轰烈烈地做一番呢？我愿意从此跟你往高处飞，往明处走，永远再不自暴自弃了。"

这是爱情的宣誓！对爱情的保卫，需要两个人齐心协力地举起战旗，需要在经幡上刻下信念和无悔！徐志摩和陆小曼虽没有血誓为证，但胜似有血誓的忠贞，牢不可破。而城堡外有一人独自战斗着，一次非常悬殊的拔河较量，明显可以看出结果的走向，只待时日对垒吧。

需要一个裁判来吹这次决斗的哨子？而这个裁判必须要勇敢，要有不畏人言的决心，社会地位和诚信度还得受到比赛双方的认可，特别是王赓的认可，这样的一场比赛才会在公正的幌子下担保结果真实有效。这裁判谁能担当呢？

都说战斗需要一个合理的导火索，就是出师有名，不至于落下话柄，但是，没有话柄的战争似乎没有。小曼和王赓又发生了一次大的争执，成了这场离婚战役的号角曲。有一天，唐瑛（上海的名门闺秀。当年有"南唐北陆"之说，即指南方上海有唐瑛，北方北平有陆小曼，皆在两地以美艳交际出名。）请小曼和王赓吃饭。王赓有事，吩咐小曼饭后不要单独随他们外出跳舞。小曼的爱好是跳舞，小曼的气质是清傲，小曼的脾气是直性，听了这话，情绪上来是必然的。当大家提出约去跳舞时，陆小曼当时还是略微地迟疑了一下，没有即刻答应，就有了朋友开玩笑："我们总以为受庆怕小曼，谁知小曼这样怕他，不敢单独跟我们走。"便一边拉她往外走。刚要上车的时候，正巧王赓的车驶到家门口，看到小曼跟着外出，觉得没听他的话，很失面子，男人独断专行的因子在作祟，一时间气了个脸色绯红，大声骂道："你是不是人，说定了的话不算数。"这话重了，过了，是人都会生气，何况这人是陆小曼。而且宾客都在场看着的，局面非常尴尬，许多人见情势不对，纷纷悄悄地溜走。小曼则被王赓拉着带回来家中。这事不小了，对于很少受委屈的陆小曼来说，王赓这事摊上了。对于一向骄傲好面子的陆小曼，这次的脸面无疑被丈夫毁在了众人面前，一点余地也没有。加上一直以来，王赓对于小曼虽然有严肃的一面，但都是以哥哥的感觉忍让和关怀着，少有今日似的毫不留情。陆小曼不禁气恨，第二天便找到母亲，吵着马上回京城，以后再不回王家了，要陪着父母度过一生，侍奉二老生活到终。吴曼华对于女婿的斥责，不给面子的行为，多少是气的，她再怎么喜欢女婿，毕竟女儿才是心头肉，既然女儿伤心了，王赓你不待见我们，那我们回京吧。当时的气头，吴曼华没细细想过，这正是小曼想要的结果，离开王赓，回到令人向往的地方，有一个人在等待着她。母女俩回家，总得给陆定一个说法和交代，于是，小曼将在上海受到王赓当众辱骂的事告诉父亲，陆定听后非常生气，赞同女儿的做法，支持女儿的行动。这就是说小曼要和王赓离婚了，而这个决定陆定力挺。吴曼华的意见呢？她是这桩婚姻一直的促成和赞同者。

吴曼华不同意女儿和王赓的离婚，至于原因，吴曼华和陆定的想法和打算不一，两人为此闹了矛盾，家庭不和常有。

女儿一旦离婚，变成为了笑柄，不但影响门楣，今后再婚也是一个不确定的事情。其实，都知道小曼和志摩的事情，吴曼华和陆定是什么意思和感受呢？

知道了近况的徐志摩肯定是欣喜若狂，自不需要过多的表述就能感觉。当即想到了有请刘海粟说情，这个"两肋插刀"似乎难度很大，三方都是风云人物，任何的结果都会伤及人，凭着一句话"海粟，这样下去小曼是要愁坏的，她太苦了，身体也会垮的"。徐志摩感动了刘海粟。刘海粟也是因不满家里的封建婚姻而逃出来的，而且年轻气盛的刘海粟一向视反封建为己任，在中国画坛素以"叛逆"著称，年方廿九，血气方刚，和陆小曼也算是师徒情分，看着两人如此痛苦，便应承了去做工作。

先要将小曼父母说通，这事才可能有所婉转，而且更利于她与王赓的离婚和下一步小曼与志摩的再婚。于是，刘海粟硬着头皮去见刚回到北平的吴曼华。他说："老伯母休怪我轻狂雌黄，我学的虽是艺术，但我也很讲实际。目前这样，把小曼活活逼到上海，又能解决什么问题，她和王先生就能白首偕老吗？小曼心里也是苦，整日里跟你们二老闹的话，你们也得不到安宁啊！"陆母叹息道："我们何尝不知道，可是因为我们夫妇都喜欢王赓，才把亲事定下来的。我们对志摩印象也不坏，只是人言可畏啊！"刘海粟见吴曼华有松口和缝隙，便以老乡的赤诚之心，讲述了许多因婚姻不自愿而酿出的悲剧，虽如此，吴曼华始终下不了最后的决心。吴曼华说："老实说，王赓对我们二老还算孝顺，对小曼也还算厚道，怎么开得了口要他和女儿离婚？"刘海粟看说到点子上了，就对吴曼华再道："如果晓之以理，让王赓自己有离婚的念头，这样便不难为二老了，你看怎样？"对于王赓能否轻易地退出，吴曼华多少是了解王赓对陆小曼的深厚感情的，她认为："恐怕没那么容易吧？"总之，吴曼华犹豫了，乘着这种情形，刘海粟便叫这事就听他安排，最后他们商定，由刘海粟亲自陪陆小曼母女去上海，寻机找王赓商谈离婚一事。

王赓真能舍下陆小曼，舍下他对陆小曼的痴情？

第四卷 Chapter · 04
繁华盛开

我们落魄的一生,簪上了许多谣言的幌子。我们是我们,有人在世界的另一端预告剧情的归宿,恨吗?

有那么一刻,觉得有些事是幻想,是彩虹倒挂的斜影。渔夫和美人鱼谈着恋情,草率的尾巴在深海中魅惑地摇摆,几乎想象着快成真了。

是诗人,是诗人的泉眼。只有眼泪从未枯竭,就像这爱般的流动,山不转水转,水不转云转,在你的波心,我们在逆溯时光的娓娓,总有不及而终的某次告白,没来得及整理成册。

我试着朗诵你的甜蜜和彷徨,或许已经有了成熟的谷香,散发着沉甸甸的气韵。这彷徨为哪般?

为行近的秋日,为秋日里的垂暮,还是西山上一轮明月,那回望时的探出,多了牙子的心思,缺了十五的向往,不复见的初一。等待,在圆满的水色中渐升渐起,快乐地追逐。

我可以从陶罐中掏出一场古老的童话,童话里有可爱的公主,公主睡着的时候,王子在遥远的疆场上驰骋嘶吼,而后得胜凯旋的鼓点，惊了美人儿的清梦。

你说童话里都是骗人的，我就是你唯一的裙角，轻轻地，你飞舞，我就随风而逐。

可是，醒来时，为何少了添香的酥手？烛花开了，歇了，这般顺序地点燃。

你来过，又随康桥的柔波，轻轻地蔓溯，你要往哪儿走？

哪儿有这么温柔的风，往哪儿吹啊！

往哪儿吹啊？我问过你许久，你含笑，说只喜欢在康桥的月光下吟哦。当时，有流涧，有清芬，还有路过的她，在挥手。于是，你向梦里奔去，依旧是康桥，依旧有人在挥手披星戴露。

我想了许久，这是一个什么样的故事，才能感动后来人，让他们记取我对你的好，对你无穷无尽地想念。

半生纤手，一身素衣，为你篆书年华里最为张弛的诗作。

记住，在康桥，在云彩中，在今晚的月色里，有人踱步吟诵。

轻轻的我走了，
正如我轻轻的来；
我轻轻的招手，
作别西天的云彩。

那河畔的金柳，
是夕阳中的新娘；
波光里的艳影，

在我的心头荡漾。

软泥上的青荇,
油油的在水底招摇;
在康河的柔波里,
我甘心做一条水草!

那榆荫下的一潭,
不是清泉,
是天上虹;
揉碎在浮藻间,
沉淀着彩虹似的梦。

寻梦?撑一支长篙,
向青草更青处漫溯;
满载一船星辉,
在星辉斑斓里放歌。

但我不能放歌,
悄悄是别离的笙箫;
夏虫也为我沉默,
沉默是今晚的康桥!

悄悄的我走了,
正如我悄悄的来;
我挥一挥衣袖,
不带走一片云彩。

第一章
如　愿

对于刘海粟的举动,志摩和小曼的决计冲破,许多圈内人,包括胡适在内的北平的一些学者教授,以及小曼相好的闺阁名媛都来送行他们,这俨然成了一种壮观的拉拉队送别,阵容强大,寄予的希望也是不一般。刘海粟看到有这么多的名流来送小曼,又看到她光彩照人的模样,悄悄地对志摩说:"你能得到这样一位情人,实在是艳福不浅啊!"

小曼一行到达的第二天,按捺不住心情的志摩也紧随到了上海,这种迫切无须更多的语言来表示他忐忑不安的强烈期盼。自己亲自在场,似乎才放心这次"行动"实施顺利。

第三天,刘海粟便在上海有名的素菜馆"功德林"宴客,所请的客人包括张歆海、唐瑛、唐瑛的哥哥腴庐和杨铨(杏佛)、李祖法等人,当然还有徐志摩、王赓、陆小曼母女。这些都算是角子,有一定社会地位的名士,他们在场,才能让这出戏更具有公正性和真实性,或许,更富有戏剧般的情节看点吧。

这王赓,对于走到这一步的婚姻状况,无论什么时候想起,注定都会是很难过的。

客人陆续到了场。王赓看到桌面上的这些人，就隐约感觉到今天的这场宴会有名堂，但他一直保持镇静，表面上显得很平和，知道该来的总是要来。他绅士有礼地与大家打招呼，也没忘了跟志摩握手。倒是志摩有些紧张心虚的样子，不敢正面接触王赓的目光。徐志摩虽是这次宴会的最初策划者，但在今天的场合上是不能太露脸的，他只是作为一般客人端正地坐在席上，等着刘海粟来唱主角。

小曼知道今天宴会的用意，但聪慧的她非常沉得住气，显得落落大方。她不刻意地去看志摩，如果让志摩在这种场合上的作为有所不妥，一切将前功尽弃。尽管她一直对王赓缺少情意绵绵的一面，但是，毕竟今日她是以王太太的身份参加宴请的，作为交际能手的她，不可能丢了自己，丢了王赓的脸面，不会让一干人难堪，认为她轻浮不好。她优雅地和大家招呼，坐在母亲吴曼华身旁，说些悄悄话，显得亲切自然。

一会儿上菜了，刘海粟只是招呼大家吃，倒是张歆海忍不住了，冲着刘海粟就问："海粟，你这个'艺术叛徒'到底请我们来干吗？你那葫芦里卖的是什么药啊？"

刘海粟正愁不知怎样开口，张歆海的一句话正好引出了话题。他端起酒杯说："今天我做东，把大家请来，是纪念我的一件私事。当年我拒绝封建包办婚姻，从家里逃了出来，后来终于得到了幸福婚姻。来，先请大家干了这一杯。"大家举杯共饮。

吴曼华有些紧张起来，女婿是她喜欢欣赏的女婿，她一直是不肯轻易让陆小曼离婚的，今天走到这一步，也是有迫不得已的情节在里面。她偷偷地看了王赓一眼，王赓面不露色。

刘海粟继续说："大家都干了这杯酒，表示大家对我的举动很支持。大家知道，我们正处于一个社会变革的时期，新旧思想和观念正处于转换阶段，封建余孽正在逐渐地被驱除。但是……"刘海粟加重语气说："封建思想在某些人的脑子里还存在，还冲不出来。我们都是年轻人，谁不追求幸福，谁不渴望幸福，谁愿意被封建观念束住手脚呢？"

刘海粟这个朋友，徐志摩相交得不错，这么艰难的一场战斗，他唱独角戏，演得淋漓尽致的。他继续说："所以我的婚姻观是：夫妻双方应该建立在人格平等、感情融洽、相互理解的基础上。妻子绝不是丈夫的点缀品，妻子应该是丈夫的知音，'三从四德'的时代已经过去了！"说到热烈尽情处，刘海粟又举起了杯子说："来，我们祝愿天下夫妻都拥有幸福美满的婚姻！干杯！"

能说会道的刘海粟，充满激情的"演说"感染了在场的人，纷纷站起来干杯。王赓迟疑了一下，似乎在思索着什么。看到大家都起来了，他才站起来，和大家一一干杯后，他给自己倒了一杯，对刘海粟说："海粟，你讲的话很有道理，我很受启发。来，我敬你一杯。"和刘海粟干杯后，王赓又给自己倒了一杯，这次他举杯向众人祝愿，说："愿我们都为自己创造幸福，并且为别人幸福干杯。"饮干之后，他不失风度地说："我今天还有些事情，要先走一步了，请各位海涵。"转而对小曼说："小曼，你陪大家坐坐，待会随老太太一起回去吧！"

王赓的推托先离去，在情理之中，谁能受得了这样的一台宴席

半累烟云遗惠在　最美不过陆小曼

"折磨"?

当然,有人难过,有人开心。徐志摩心情非常好,他非常感动今天的一切,包括刘海粟,包括在座的各位朋友来"助演",虽说不是提前安排好的剧目角色,但是,大家却心照不宣地配合,这是意料之外的某种默契。陆小曼看似一直很沉静,但内心是复杂交集的,她当然希望能和徐志摩结合,但刚才看到王赓一瞬间尴尬难以下台阶的表情,又慌乱了。吴曼华的心里的内疚自是无法言表的,觉得今天的事情很对不起王赓。

"功德林"宴会后,徐志摩和陆小曼焦急不安,都在等候最后的消息,特别是陆小曼,每次见到王赓,都心虚地低下头。奇怪的是王赓也不跟她多讲话,至于宴会上的话题,在他们夫妻间也没有再展开讨论过。陆小曼看着丈夫毫无动静,又有些厌倦烦躁了,她感到前景似乎是一厢情愿地乐观了。世间的事情,哪有这么省事省力,她猜不透他在想些什么,或者在等待什么?

在离婚的节骨眼上,陆小曼怀孕了。在家里一直等不到所想要的期望结果,又和志摩失去了联系,是一件非常难过和不安的事情。

同样地,志摩也得不到任何相关的信息,心灰意冷的他,似乎看不到任何希望存在了,便带着无比的失落回到了北平。

这样怪异相处的日子过了两个月,在外的王赓似乎很忙,他也有非常焦虑的感觉,心神不宁,烦躁不安。有一次,他按捺不住自己的情绪,对小曼发了一通火,小曼只觉得委屈了。就在小曼几乎绝望的时候,一天晚上,王赓终于打破了沉闷的局面,他把正要去睡觉的陆小曼叫住,对她说:"小曼,我想了很久很久,既然你跟我一起生活感到没有乐趣,既然我不能给你所希冀的那种生活,那么,我们只有分开。宴会后的这两个月里,我一直在考虑,我感觉到我还是爱你的,同时我也在给你一段时间考虑,你觉得你和志摩是否真的相配?"隔了一会儿,他看小曼闭口不言,就说:"看来,你意已定,那么,我也不再阻拦。"小曼哭了,她霎时想到了王赓的种种好处,虽然他以往有时对她态度不好,但心底里还是爱她的。

王赓最后说:"你别哭,我是爱你的,但是我平时对你不够关心,这是我的性格所决定的。你和志摩都是艺术型的人物,一定能意气相投,我祝福你和志摩以后能得到幸福。"末了,他又补充说:"手续我会在几天后办好的。"小曼唯有哭,此时说什么话都显得多余。

悲从何来,喜从何来?这突如其来的结局改变,不知道是幸福,还是解脱,或许有歉疚,还有一丝不舍?就在悲喜交加的时候,一个不速之客闯入了她的世界,忽然发现,有了牵挂。矛盾出来了,重重复复重的艰难抉择,王赓和她的孩子这么不合时宜地来到了她身旁,要还是不要?如果生下来,她如何与王赓离婚呢?她和徐志摩的结合就成了泡影,这爱的努力一切将付之东流水。如果打掉孩子,她如何对得起自己的骨肉,还有王赓。吴曼华知道了这事后,坚决要求女儿将这个孩子生下来。好不容易挨到王赓松口离婚,怎么可以放弃?最终,陆小曼对爱情的执著战胜了即将来到身边的孩子的亲情,她悄悄地带了贴身丫鬟,找了一位德国医生做了手术,对外声称身体不适需要修养一阵。就是这么一次不大不小的手术,让小曼的决定尝尽了辛苦,从此,本来就羸弱的身体更加不堪了,精神的打击,一蹶不振的身子,成了小曼一生的不幸跟随。这后果严重到不能生育,如果行夫妻生活，会有晕厥的情况发生。而婚后，喜欢孩子的志摩，一直希望有一个他和小曼的孩子，但是，内心痛苦不堪的小曼怎会与他讲："因为我们的结合，我做了一件非常痛苦万分的事情，以至于今生今世都不会有我们的孩子了。"这话这隐情，谁都不能诉说的苦水，只能在心头独自咽下！

1925年底，陆小曼与王赓解除维持了4年的婚姻，离婚时陆小曼年仅23岁。

第二章
征　询

　　封建婚姻，媒妁之言，这是一个中国式习俗，必走的基本程序，即便是小曼和志摩抛却"封建"二字，但是，依旧不能摆脱家族对结婚礼仪的看中和婚后生活的持戒。陆定和吴曼华一向以女儿的意志为转移，再怎么艰难的场面，都为小曼打理得尽量周到完美，包括离婚和再婚的事情上，他们一直被女儿的幸福愿望牵着走，小曼的快乐，决定了他们是否快乐。因此，对于女儿和徐志摩的再婚，陆定没有更多的意见，只觉得女儿满足了，好了，就是他的最终目标。但是，虽然吴曼华当初也动摇并且奔走过陆小曼的离婚，对于徐志摩，她是不怎么看中的。小曼和王赓离婚了，要和志摩再婚，吴曼华反对，不但反对，而且不同意女儿和志摩来往。与王赓签离婚协议是小曼的父亲背着她办的，事后吴曼华十分生气，老夫妻因此大吵了一场，经亲友劝解后才平息。志摩在小曼和王赓离婚后，经常去陆家走动，陆母还是有意排挤他，而志摩对陆母却始终十分恭敬。由于小曼有病，陆母也不能坚决不准志摩来探望自己的女儿，很明显，女儿的病情好坏和志摩的来访有很大的关系，也可以说，女儿是心病，而志摩是唯一的良方。吴曼华终究是疼女儿的，她也心软了。当志摩委托胡适向她提出与其女结婚的请求时，她向胡适提出两个要求：

一、要请梁启超证婚，因为梁启超在全国负有名望，又是徐志摩的老师。

二、要在北平北海公园图书馆的礼堂里举行婚礼。

当时要办成这两件事都有相当的难度，但胡适最终都办妥了。

而远在浙江省海宁县的徐志摩双亲呢？他们是如何看待儿子的再婚，该是怎样的一个态度？

这得从徐家的经营买卖说起，可以一目了然其家风和观念，门第的概念是什么。

明正德年间，徐松亭在硖石经商，家居于硖石，为硖石徐氏分支之始祖。徐志摩即其族人。

1897年1月15日，徐志摩出生于浙江省海宁县硖石镇，按族谱排列取名徐章垿，字槱森，因其父属猴，名申如，得子亦是属猴，故又取小字幼申。徐志摩是在1918年去美国留学时他父亲给另取的名字。说是小时候，有一个名叫志恢的和尚，替他摩过头，并预言"此人将来必成大器！"其父望子成龙心切，即替他更此名。徐志摩是徐家的长孙独子，自小过着舒适优裕的公子哥生活。父亲徐申如，名光溥，字曾荫，海宁硖石人，实业家，交游甚广，徐氏世代经商，早年继承祖业，独资经营徐裕丰酱园。清光绪二十三年（1897），合股创办硖石第一家钱庄——裕通钱庄，后又开设人和绸布号。先后任硖石商会总理、会长、主席近30年。曾因兴办实业,秉承"实业救国"的思想,蜚声浙江。

20世纪初,江、浙人士反对帝国主义侵略,力争自筑沪杭铁路。徐申如积极参与其事,任浙路公司董事,协助奔走规划,筹集资金。又与海宁地方人士徐骝良、许行彬、吴小鲁等协力促成沪杭铁路行经硖石,横贯海宁。铁路通车后,1913年与沈佐宸、沈叔英等集资创办硖石电灯公司,为浙江省最早兴建的火力发电厂之一,后屡加扩充,以供应当地工业能源及照明需要。1917年创办捷利电话公司。1924年与李伯禄等合资兴建硖石双山丝厂(今中丝三厂)。徐申如热衷公益事业,1934年,海宁大旱,任县旱灾赈济委员会首席常务委员兼上海分会主任,积极奔走募款赈灾。抗战期间隐居上海,直至病逝。

徐志摩的家族,典型的乡绅型富豪。父亲通明达义,有志之士,在当地有很高的威望,这是一个地方望族。难怪,作为政界风云人物的张君劢也为自己的妹妹保媒提亲,将张幼仪许配给了徐志摩。这一桩姻缘的落定,一对新人嫁娶时才得以谋面。这为后来的婚姻裂痕埋下了伏笔,不管张幼仪如何地端庄善良,尊重丈夫,孝敬公婆,操持家务,婚后还为张家生了两个儿子,但都不能挽回徐志摩坚决离去的心。这种婚姻模式,对于思想西化的徐志摩来说,全然的藐视和抵对的态度,或许不遇见林徽因,不相逢陆小曼,他的婚姻也会经历这么一段坎坷,这似乎是必然的结果。

徐家人对原配儿媳妇张幼仪一直非常满意,喜欢得很,真正地当成家人看待。徐志摩与张幼仪离婚，并未影响张幼仪在徐家的地位，或许，徐家从来只认了张幼仪这一个媳妇。当徐志摩走到与张幼仪离婚，再与陆小曼结婚的地步，徐申如是极其抵触不同意的。而且，之前一次尴尬的场景，徐申如心内气愤，脸面也挂不住，对于儿子的所作所为，对于新准儿媳妇的妇德，他保持着自己的看法。

当初一次阴差阳错，志摩将一封热恋中与小曼的通信错发给了父亲，拆信时因缘巧合还有小曼的丈夫王赓在场，二人看后，明白了所有缘故，这种情形让徐申如何做人。也就是那次信件后，志摩与小曼的恋情在王赓面前赤裸裸地曝光了。对于志摩和小曼的结合，老人家通过此事持有不同意见和看法理所当然。

儿子离婚已是大逆不道，再娶一个有夫之妇更是有辱门风。再则他认为小曼的品行轻薄，不会给志摩带来安定的生活。从后来的情况看，胡适的这一次说服工作成效并不明显。过后不久，志摩只得亲自南下，跟父亲商量自己的第二次婚姻大事。从他致小曼的信中可以看出，他的说服工作异常艰难。

徐申如说，志摩要再婚，必须征得张幼仪的同意。

原来，徐申如一直认为儿子和张幼仪在德国的离婚没有征得双方父母的同意，是不作数的，他是不承认的，他一定要亲自听到张幼仪的意见才行。于是，儿子要再婚，首先得听听张幼仪的意见。她要真同意与儿子离婚了，那么，就算过了"儿媳"这一关。1926年初，张幼仪取道西伯利亚回国。由于战争的原因，直到当年夏天才回到上海。

第二天,张幼仪就到张园徐家拜望原来的公公徐申如。她看到志摩坐在沙发上,对着她微微点头,还注意到徐志摩的手上戴着十分显眼的翡翠戒指。向徐申如行礼后,张幼仪被示意落座。

徐申如随即和缓地问她:"幼仪,你和志摩离婚是真的吗?"张幼仪是个聪明人,早已从哥哥张歆海处知道了志摩的恋爱进程。她不愿意拖志摩的后腿,看到志摩在旁边焦急地望着她,等她的表态。张幼仪说:"是真的。"徐申如显然有些失望,他继续问:"那你反对他和陆小曼结婚吗?"张幼仪迟疑了一会儿,她在思考,志摩和陆小曼是否真的合适。转而一想,唉,只要他们觉得合适,关我什么事啊,就说:"我不反对。"徐申如对这个"儿媳妇"第一次感到失望,他不觉轻轻叹了口气。

这时,徐志摩高兴得像个孩子一样,站起来向着他的前妻说:"谢谢你。"说完跑到窗口,伸出手臂,好像要拥抱整个世界似的。没想到他手上的戒指一下从开着的窗口飞了出去,徐志摩的表情霎时变得惊恐万分,因为那是小曼送给他的订婚戒指。徐志摩马上下楼去找,张幼仪从窗口看下去,只见徐志摩找来找去,就是找不到戒指。张幼仪觉得在这个时候把戒指给丢了,似乎预示着志摩和小曼之间将来会发生些什么。

过了第一关,徐申如还是不肯痛快地答应。7月,徐志摩在硖石的西山上和父亲作了恳切的交谈,并不顺利。后来,经胡适、刘海粟等人出面斡旋,徐申如最后勉强答应,但他也有三个条件:

一、结婚费用自理,家庭概不负担。

二、婚礼必须由胡适做介绍人,梁启超证婚,否则不予承认。

三、结婚后必须南归,安分守己过日子。

这三条徐志摩都予以答应。

试想,过惯了城市生活,看惯了人间烟火的小曼和志摩,真的能在浙江乡镇上安安静静地生活?他们自己愿意这样,性格使然也不会长久,这也许是问题的症结有了伏笔,还有许多意想不到事情等着他们。不过,这一桩喜事是成了!

第三章
插　曲

　　有得有失，有人欢喜有人忧。小曼和志摩得了圆满，那么，总有一个人无法圆满，这人便是小曼的前夫王赓。而如果仅仅是婚姻上的失意那还算一桩家务事，可以慢慢地用时间去磨合伤口，外人无法看到这种伤痛的洗礼，也是好的，人生还可以继续，不是还有大好的事业等着年轻有为的王赓吗？

　　中国人有句俗话，如果人倒霉到极致，"喝水都会塞牙缝"，王赓的流年，注定在1925年不平凡。这一年，他任北洋军阀孙传芳的五省联军参谋长，被派去上海买军火，卖家是个白俄人，拿了王赓支付的款项，跑了。这一走了之的结果，王赓购军火落得个鸡飞蛋打，这种情形下，被关闭起来询问和调查是必然的。一旦牵涉军事，又是这么一大笔费用，怎么无缘无故就被骗了？北洋军阀的特派员立即将他拘了。也就是这个时候，陆小曼提出了离婚协议，在上海监狱的王赓很利索爽快地签了。似乎不近人情？但是，这事王赓真碰上了，离婚和入狱，一切循着轨道，一切又那么莫名其妙。就像一列火车，在自己的轨迹上跑动，却被外力冲撞后脱轨，根本连挽回的局面都没有，脱了节！

　　王赓的人生，从得意的西点军校高材生归国，到梁启超的爱徒，再到陆定的乘龙快婿，最后沦为阶下囚，就这么几年的光阴，却走得如此离奇，高速上的快轨，一旦阻力停下来，几乎婉转的情形都没有。当初何等的风光，与陆小曼的婚礼轰动北平城，婚后不久便成为年轻的将军，二十出头的陆小曼成了美貌的将军夫人，该是多么羡煞人的未来，可是，一切就这么的发生了。王赓和小曼离婚时对志摩说："若对不起小曼，我不会饶过你的。"他似乎永远以一个哥哥的角度，充当着小曼的保护神，但在变数面前，谁保护过他，同情过他呢？小曼和志摩大婚时，王赓收到喜帖，随即奉上贺礼，并写到："苦尽甘来方知味。供小曼玩。受庆王赓。"

　　与小曼的婚姻告别后，王赓当过孙传芳的五省联军总部参谋长，也当过北伐军第四集团军敌前炮兵司令、铁甲军司令，北伐大成后，他调任淮北做国民政府的盐务缉私局局长。1930年，宋子文组建税警团，以镇压抗税和漏税，该团直属财政部，只听宋子文调遣，各类配备一流，西点军校出身、文武双全的王赓成了不二人选。

　　同在上海的王赓一直念念不忘小曼，但是此时的小曼已是他人妇，王赓在既遥远又迫近的地方苦守着曾经的温存，小曼的枝头春意，再不属于他了。1931年11月19日徐志摩因为飞机失事去世，陆小曼的伤痛可想而知，而外界给予小曼的压力和唾骂，让她抬不起头来。王赓心疼小曼，他永远是以一位保护神的姿态与形象出现在小曼的生活和人生中，他去了小曼家，小曼已经卧床不起，窗幔深垂，房间苍白毫无生气。他亲自为小曼拉开窗帘透风,这么一个环境里,小曼体弱多病,根本经不起折腾,而小曼一直昏睡着,王赓安静地陪伴一会儿便离开了。王赓对小曼的关怀,是亲人般的细腻,只是,喜欢爱情滋味的小曼,酸酸甜甜才是她追寻的味道,王赓再优秀,再关心她,除了承接,她都无法给予王赓一种爱人的感觉,他们始终不在一个轨道上。

王赓想为小曼终身不娶。也许,这就是小曼的福气,王赓的劫难吧!对于小曼何尝不是呢?

从围城步入另一个围城,王赓经过了漫长的十多年光阴。而他在离开小曼以后的多年间,一直走得不顺利。

1932年1月28日夜间,日军突袭上海闸北地区,淞沪战争爆发。国仇家恨,宛如滔天巨浪,让上海滩震荡不已。1932年春节刚过,正月二十一,王赓骑着一辆摩托车,穿过外白渡桥,入公共租界,不幸被捕。一并被捕获的,据说还有王赓随身带着的一个公文包。第二天,上海市政府向南京政府外交部报告说:"王赓于感(27)日,因事路经黄浦路,为日方海军士兵追捕,该旅长避入礼查饭店,后为工部局巡捕帮同扭送捕房,由捕头交与日方带去自由处置。"当时有小报称,王赓去公共租界,是为幽会小曼。关于此事,陆小曼1961年撰文澄清,王赓当时并不是去找她,而是去见美国驻沪领事馆的西点军校同学。也有一说是,王赓被抓后向日军献了地图,对淞沪之战产生了不好的影响。这些言论终不可考。但结局已经写好,王赓因为"可疑",被敌我双方反复审问,同时遭致社会舆论的谴责,几经拉锯，最终被判了两年零六个月的有期徒刑。

关于王赓"献图"一说，后来，据王赓的重要幕僚莫雄（时为税警团"总参议"，王赓出事后，接总团长）在《淞沪抗战中的税警团》一文中说，王赓此行之前与宋子文密谈过，可能是肩负某项重大使命，而非如传言所说是去"跳舞"或与小曼重拾旧欢。莫雄又说，王赓在密谈后回到总团时，在寝室内清出大堆军事绝密文件，如我军作战方案、比例图，敌我双方的兵力配置图以及战地交通、后方补给、医院救护方位图，悉数交给他"保管使用"，并告诉他，自己要去上海美国领事馆回访"西点军校"同学，莫雄问何事，王赓回答，"过两天你会明白！"坚决不吐露实情。由此观之，陆小曼转述王赓的说法，并无为亲者讳，甚至开脱之嫌，是可信的。而罗、陆两人同样认为"献地图"是绝不可能的事，若根据莫雄的说法，则根本是无"图"可献。而王赓的学长温应星的儿子温哈熊将军在其口述历史中也说："王赓在中国近代历史中也是委屈得很，别人把他说成是带着地图投降日本，其实根本没这回事，但以讹传讹之后，就好像变成真的了。"

王赓根本没将地图带出，何来献图之举。但是，王赓被铺时间，是那么巧合，让他无法辩驳。一个人遇到有口难辩，而且是在大是大非，关系民族安全的问题上，被冤枉了，那是你不走运。王赓不走运，一切在与他和小曼离婚后显得天色无光。本来在徐志摩离世后，吴曼华还有心撮合小曼和王赓的复合，却终究没这个姻缘，王赓再次入狱，而且身体也出现问题，不得不去德国治病，且后来仕途也一落千丈,他和小曼再延续故事的可能性已经没有了。

王赓最终和一个年纪比他小三十多岁的广东姑娘结了婚,生了孩子,但性情一直没变。作为丈夫,依旧端然,威严,他还是喜欢在书房里一个人阅读,而年轻的妻子,则在他身边,静静地翻弄自己的家务或默默地待着。他们不说话,左右相对各持心思。这是王赓喜欢的家庭氛围,新妻子可以适应这样平淡的相夫教子生活,"小龙"不行。想起陆小曼的吵闹,不省心的天翻,王赓还认为现在的日子有情趣和生息吗?他一辈子就没斩断过对小曼的爱!

有人后来问过王赓的婚变,王赓说:"爱情是人类最崇高的感情活动,它是纯洁而美好的,并不带有半点功利俗念,也不等于相爱必须占有。真正的爱情应以利他为目的,只讲无私奉献,不求索取。既爱其人,便以对方的幸福为幸福。我是爱陆小曼的,既然她认为和我离开后能觅得更充分的幸福,那么,我又何乐而不为?又何必为此耿耿于怀呢?"这是王赓对爱情的大彻大悟,没有几个男人可以做得这样的理性和爱护。小曼是王赓的神,王赓是小曼的保护神。这是姻缘注定,谁叫这场遇见那么恰好,与千万人中记取了一个背影。

1942年,王赓被任命为赴美军事代表团团员,4月,途经开罗时病逝。死时年仅47岁。王赓逝世后,被北非盟军以厚礼葬于开罗市郊英军公墓。成了异乡客,在他乡孤独一生。

王赓是陆小曼生命中一个重要的人,虽然他们一起只度过了短短的四五年光阴。如果陆小曼依旧按照母亲为她设定的路线行走下去,她是中将太太,他是前途无量的军官,他们齐心协力,开创的一片天，或许更为光明和宽阔。而结局就难以定论了。心情，境遇不同，归宿就是另一种变数。只是，"小龙"陆小曼，她不是循规蹈矩的池中物，她的心思更加高远，这个高远只属于她自己的追寻，她想摘得的星星，不一定最璀璨，但是一定是最喜欢的。

王赓为工作累，为情困。终究是茫茫人生路，无悔地走完了自己的生命轨迹，这是一个负责宽厚的男人，值得敬仰！

第四章 祝　福

1926年农历七月初七，这一天，牛郎与织女在天上相会。这一天，北海公园碧波荡漾，青柳扶红墙，一切喜气洋洋，情定北海，陆小曼和徐志摩历经各种阻碍，解开重重枷锁，终于牵手在众人面前，踏着红色的地毯，红色的气氛，他们结合了。请帖上题了一幅竹图，图名《野竹青霄》，折页上写：

夏历七月七日即星期六正午十二点钟

洁樽候叙

志摩、小曼拜订

座设北海董事会

婚礼来了好多人，金岳霖做了伴郎，胡适刚好去国外，没法到场。徐家老人只送来一封信，人没有到现场。在场一股流动的气息，有赞叹的，有嘀咕暗骂的，大多抱着复杂的心情到来。陆小曼非常紧张，前夜里吃了些安眠药，当日婚礼上，有昏昏沉沉之感。但当日发生的一件事，却让任何人都幡然大惊，一下子清醒过来。这就是证婚人梁启超的证婚词："徐志摩！陆小曼！你们的生命，从前很经过些波澜，当中你们自己感受不少的痛苦！社会上对你们还惹下不少的误解。这些痛苦和误解，当然有多半是别人给你们的；也许有小半由你们自招的吧？别人给你们的，当然你们管不着；事过境迁之后，也可以无容再管。但是倘使有一部分是由你们自招吗？那，你们从今以后，真要由谨严深切的反省和勇猛精神的悔悟，如何把痛苦根芽，划除净尽，免得过去的创痕，遇着机会，便为变态的再发，如何使社会上对你们误解的人。得着反证，知道从前的误解，真是误解。我想这一番工作，在今后你们的一生中，很是必要。这种工作，全靠你们自己，任何相爱的人，都不能相助。这种工作，固然并不难，但并不十分容易，你们努力罢！你们基于爱情，结为伴侣，这是再好不过的了。爱情神圣，我承认；但是须知天下神圣之事，不止一端，爱情以外，还多着哩。一个人来这世界上一趟，住几十年，最少要对于全世界人类和文化，再万仞岸头添上一撮土。这便是人之所以为人之最神圣的意义和价值。徐志摩！你是有相当天才的人，父兄师友，对于你有无穷的期许，我要问你，两性爱情以外，换由你应该做的事情没有？从前因为你生命不得安定，父兄师友对于你，虽一面很忧虑；却一面常常推请原谅，苦心调护，我要问你，你现在，算得安定没有？我们从今日起，都要张开眼睛，看你重新把坚强意志树立起，堂堂地做个人哩！你知道吗？陆小曼，你既已和志摩作伴侣，如何积极地鼓舞他，做他应做的事业，我们对于你，有重大的期待和责备，你知道吗？就专以爱他而论，爱情的本体是神圣，谁也不能否认；但是如何才能令神圣的本体实现，这确实在乎其人了。徐志摩！陆小曼！你们懂得爱情吗？你们真懂得爱情，我要等着你们继续不断的，把它体现出来。你们今日在此地，还请着许多亲友来，这番举动，到底有什么意义呢？这是我告诉你们对于爱情，负有极严重的责任，你们至少对于我证婚人梁启超，负有极严重的责任，对于满堂观礼的亲友们，负有更严重的责任。你们请永远地郑重地记着吧！徐志摩！陆小曼！你们听明白我这一番话没有？你们愿意领受我这一番话吗？你们能够时时刻刻记得起我这一番话吗？那么，很好！我替你们祝福！我盼望你们今生今世勿忘今日，我盼望你们从今以后的快乐和幸福常如今日。"

一对新人的大好日子，得到这么一段斥责之语，还有类似"诅咒"的证婚词，客人惊讶，家长无脸，小曼和志摩当时的低落可想而知。不管对于新人如何看待，作为长辈的证婚人，在婚庆的大日子里，一定要说祝福语、吉祥话，有什么对于晚辈不满或者愤怒的地方，都是下来私下交流的情形，而梁启超则没有。这段证婚词成了"名典"。虽然一定程度上体现了他对徐志摩这个学生的关心和爱护。但是很明显，梁启超是带有私心的，是对志摩和小曼的不公平。婚礼上大骂新人，是非常不吉利的，中国人传统的观点里，算一种印证的信号。赵清阁对此说了一段不满："为了争取有力的支持，他们请了维新派名流梁启超老夫子作他们的证婚人。原想借助这块盾牌抗衡一下封建势力，不期梁启超夫子也是一个以封建反封建的权威人物，他假惺惺同情徐志摩陆小曼的结缡，而又在大喜之日当众批评了他们的反封建行经，使得两位新人一时啼笑皆非，只好委屈地承受了批评。"

第二天，礼数周全的徐志摩，还是带着新婚妻子陆小曼去梁家申谢。

后来，梁启超在给儿子梁思成和媳妇林徽因的信里大致说："徐志摩这个人其实很聪明，我爱他，不过这次看着他陷于灭顶，还想救他出来，我也有一番苦心，老朋友们对于他这番举动无不深恶痛绝，我想他若从此见摈于社会，固然自作自受，无可怨恨，但觉得这个人太可惜了，或者竟弄到自杀，我又看着他找得这样一个人做伴侣，怕他将来痛苦更无限，所以对于那个人当头一棍，盼望他能有觉悟（但恐很难），免得将来把志摩弄死，但恐不过是我极痴的婆心便了。"信中所谓的'那个人'当然是指他看不惯的陆小曼。没想到的是，梁启超的一语成谶，当初所说的全部变成了现实。是梁启超能洞察未来，还是未来早已注定，其实，这一段故事，非常令人心疼。如果换作徐志摩娶的妻子是林徽因，梁启超未来的准媳妇，那么这一场证婚词该是如何呢？当然，没有如果，但是，梁启超的做法一直遭人非议，很少有人理解他所谓的苦心，都觉得这种做法不符合一位长辈的身份。

徐志摩婚后写道："身边从此有了一个人——究竟是一件大事情，一个大分别；向车外望望，一群带笑容往上仰的可爱的朋友们的脸盘，回身看看，挨着你坐着的是你一辈子的成绩，归宿。这该你得意，也该你出眼泪，——前途是自由吧？为什么不？"

按照当初对父亲的承诺，农历九月初九，重阳节那天，陆小曼随徐志摩南下，回到浙江老家去生活，一场轰轰烈烈的爱情，从热烈的相亲相爱演变成平淡的家庭生活，绚烂到归于平静，徐志摩和陆小曼，该怎么去面对这一切。这是一种修行，对于徐志摩是，陆小曼更是，大城市到集镇，差距的悬殊，不是风俗和饮食习惯这么一点点。陆小曼将要面临未来的公公婆婆，这是她从来未处理过的家庭关系，一切自由惯了，父母惯着，前夫王赓宠着，后来恋爱期间徐志摩依着，就像一只"顺毛驴"，不会撅蹄子是因为一切都如她的心愿了。

公公婆婆对于小曼一直存在成见，这不是能轻易化解的干戈，徐申如是顽固的封建乡绅，乡绅都好面子，就是尊老爱幼，家规家教，秩序都是井井有条，这也成了陆小曼需要逾越的一个难题。

小曼和志摩还沉浸在新婚的快乐中，一路飞歌笑语，没有任何的后路及思考。一入徐家门，他们将面临些什么改变，陆小曼能承受得住吗？

第五章
家　规

在上海待了一小段时间，小曼和志摩两人不亦乐乎，1926年11月徐志摩才携手陆小曼回到海宁硖石的乡下。在徐志摩给张慰慈的信中，我们对这一段生活有了进一步的了解："上海一住就住了一月有余，直到前一星期，咱们俩才正式回家，热闹得很哪。小曼简直是重做新娘，比在北平做的花样多得多，单说磕头就不下百次，新房里那闹更不用提。乡下人看新娘子那还了得，呆呆的几十双眼，十个八个钟头都会看过去，看得小曼那窘相，你们见了一定好笑死。闹是闹，闹过了可是静，真静，这两天屋子里连掉一个针的声音都听出来了。我父在上海，家里就只妈，每天九点前后起身，整天就管吃，晚上八点就往床上钻，曼直嚷冷，做老爷的有什么法子，除了乖乖地偎着她，直偎到她身上一团火，老爷身上倒结了冰，你说这是乐呀还是苦？咱们的屋倒还过得去，现在就等炉子生上了火就完全了。"这两人的新婚世界，虽然不太适应乡下的生活，起初还是挺乐呵，将无奈的生活条件作了笑料和玩耍，其乐融融，当然，只限于志摩和小曼。徐家人对小曼以及小曼入这个家后，是一个什么样的态度呢？

徐申如很不满意小曼，便去了上海，徐母后期到达尾随而去。然后，再一起启程去北平找志摩的前妻张幼仪去了。徐家两位老人已经将张幼仪认作了义女，这样，张幼仪也算名义上的徐家人。这样的决定，在新媳妇上门来做出，无疑是摆得一道谱子，顶对的做法，给了小曼一次沉重的打击。而这是为何徐家两位老人非要吵着离开家呢？有没有其他内情？

张幼仪对于老人的到来很是诧异，便问起缘由来，老太太特气愤地说道："陆小曼刚来时，她就要坐红轿子。按我们乡间的规矩，不管有钱没钱，这种轿子只有头婚的女人才能坐。""还有啊，"老太太继续说："吃晚饭的时候，她才吃半碗饭，就可怜兮兮地说'志摩，帮我把这碗饭吃完吧。'那饭还是凉的，志摩吃了说不定会生病呢！"

"你听听陆小曼下面说什么？"徐申如也按捺不住情绪说话了，"吃完饭，我们正准备上楼休息的时候，陆小曼转过身子又可怜兮兮地说'志摩，抱我上楼。'"

"你有没有听过这样的事情。"老太太接着对着张幼仪说，"这是个成年女子啊，她竟然要我儿子抱她上楼，她的脚连缠都没有缠过啊！"

这算什么，是文化差异，还是习惯娇气，小曼如果在自己家，这样的情形，陆定和吴曼华一定觉得再正常不过了，如果小曼不是这样的风格，一定是心情出了问题。而在徐志摩家，这样的事情算离经叛道，不符合传统观点，不守妇道，不符合祖宗家法。但是，徐家二老对于小曼的行为也无可能奈何，干脆眼不见心不烦，一起离家出走，去寻心目中的"儿媳妇"去了，并将对新儿媳妇的不满全盘抛给了张幼仪。

张幼仪犯难了,这事怎么办呢?不接受他们住下,这样确实过不去,虽然与志摩没瓜葛了,但是,二老认了她做干女儿,这层关系是存在的。但是,一旦她留下二老,也会遭来非议,人心叵测,舆论说不定会淹死人的,而且,她也要考虑小曼的心情,这个时候,肯定是极其难受的,这是一个聪慧的女儿,一切都是那么的周全。

这边张幼仪犯难了。而乡下,陆小曼生气了。

公公、婆婆的出走,明眼人都知道是不满意她自己,小曼又愁病了,得了肺病。慢慢调养一段时间后才好些,恢复一阵子,也慢慢从不愉快的情景中解脱出来,加上没有二老的约束,反而大胆许多,有了轻松自然的感觉。乡下的宅子非常清静,小曼与志摩便在宅子中侍弄花草,过着逍遥自在的悠然生活。如果这样下去,小曼和志摩的日子,也许还是有意想不到的收获,两人情浓意浓的,必将将身子和情绪都调养好。可是,一切都不如盘算的那般舒心,1926年5月,北伐战争开始。1926年10月16日,浙江省长夏超宣告独立。1927年2月,北伐军东路军发起江浙战争。3月19日占领杭州,然后沿沪杭线北上追击孙传芳的军队。随着战事的临近,志摩和小曼不得不中断了这一段如世外桃源的生活。新婚燕尔的蜜月日子宣告结束了。

1927年1月,小曼和志摩被迫移居上海。陆小曼再次回到上海。

上海是陆小曼生活时间最长的城市,她在上海的生活可以分为三个阶段,但在每一个阶段陆小曼的心情都是不同的。从出生到7岁赴京前是她在上海的最初生涯,那时的她童稚未脱,可爱天真,是父母的掌上明珠。1925年短暂上海的来去,那是和王赓闹别扭的时候,因为心情不好，不是和王赓吵架就是后来离婚的阴影笼罩。后来，与徐志摩在回乡下之前，在上海的小住，留下的是非常甜蜜的印记。这一次因战乱从海宁移居上海，从这以后，小曼从来没有离开过上海，时间长达38年之久。陆小曼在上海的心历路程，可以作一部大上海名媛生活的书本写意。陆小曼的快乐、伤心、喜气、颓废、沉寂、奋起，所有的经历在上海这个大都市，也算是传奇！1927年到1931年徐志摩失事前一阵，陆小曼的生活是奢侈而放任。1931年徐志摩失事后到1949年期间，她变得消极而沉寂，在沉寂中寻找生活和人生的支撑。建国后，她重新振作起来，在许多人的关怀下获得新生的信心。

小曼到上海后，又恢复了在北平时的生活习气，渐渐沉迷上了夜生活。当时上海的十里洋场，比北平更有生活的气息和乐子。在殖民统治下，外国租界里，有漂亮的居室、新潮的商品、豪华的舞厅剧场、高雅的交际会所，有一竿子同道中人，这对于交际名媛陆小曼来说，一切的应付都是轻车熟路，不用复习就拿捏得很准很到位。在乡下压抑了那么久，在上海这个崭新天地里，小曼俨然一尾如鱼得水的"小龙"，又开始奔腾飞跃。她结交名人、名伶，频繁出入社交场所，她的影响力本身在北平圈子里就名气在外，在上海，自然很快上道，加上冠冕了徐志摩太太的身份，有了文艺范儿的气息，诗人的夫人更加受人仰慕。小曼的容貌自不待说，这么一折腾，很快就成了上海社交界的中心人物。

说实在的，在某个领域要成为一个核心，让所有人仰望你，一般人是做不到的，除了足够的优秀和能力，还要有信服人的作风。陆小曼是情谊之人，享有义气和大方的美誉，这样的性格奔放热情，受追捧自然。但是，好朋友、喜风头的开销也就不一般了。

　　上海是一个销金窟，再多的钱财都可以扔下去没有水响了。志摩和小曼回了上海后，便开始通过执教拿薪水养活这个家。而这个家的女主人，超出了普通名媛太太的需求，令志摩叫苦不堪，这就有了后来的兼职大学工作，还做古董器物买卖捐客，牵针引线来赚取一些费用，后来干脆到了北平任教，或许，与薪酬有关，或许，有一些关系。但是，去北平任教的事情，小曼不是很乐意，一直以各种理由拒绝去北平生活，许多故事就是这样铺开演变着。

第五卷 Chapter·05 北雁南飞

　　从丰硕中撷取的金黄,不仅仅是稻香、果实,以及绵绵的秋虫啾啾。南来北往的路过,向暖的开放,这是时节馈赠的天高气爽,云淡风轻。

　　而日子宛若漏斗里过隙的砂砾,没有抬头回望的机缘,有得只是抵对时磨伤的肌肤,一寸寸嵌入内里,不喊疼,却是撕心裂肺地相互咬紧着,光阴的丝扣也因此有些微的摇晃。

　　一茬又一茬的秋景,总有些轻轻地催促的风儿,让人不顾一切地往南飞。谁的羽裳穿梭在云端的灰白中,凉薄后一点点地褪去了热度吗?

　　周遭已然有了深秋的气息,那些略带稚气和任性的叶落,注定了为梦飞舞一次。

　　四季冷暖自知,繁华枯荣在错落的南来北外中,谁向左,谁又靠前,谁的生命能飞过时间海。唯有一声沉溺的叹息罢了。

第一章
守　密

凌叔华对陆小曼说："男女的爱一旦成熟结为夫妇，就会慢慢地变成怨偶的，夫妻间没有真爱可言，倒是朋友的爱较能长久。"这是一通大实话。这也恰好印证了她与志摩一生的关系和情感纠葛。而凌叔华这一名字，牵扯她与志摩的"八宝箱"的故事，与林徽因、陆小曼的为了"八宝箱"的故事，都成为了后人研究的一个大谜团。徐志摩两次存放"八宝箱"在凌叔华那。第一次就是1925年，因与小曼的爱情故事引得满城风雨，志摩不得不外出避风头，在去欧洲之前，便将装有自己日记文稿和小曼两本初恋日记的小提箱，即所谓的"八宝箱"交给了自己最信赖的人保管，而这人便是凌叔华。当时没选择小曼保管，或许基于小曼的处境同样为难，不好。加之志摩一生情牵，"八宝箱"里有其他小曼不宜看到的东西也未必不可能，这样的情形下，知己中，凌叔华成了首选。后来经过证实，确实有些内容不宜公开和外道。是非之笔不少，其中也有一些小曼批评林徽因的话语，也有关于对胡适和张歆海的闲话。徐志摩飞机失事后，这个"八宝箱"成了一个焦点问题。首先是有"八宝箱"这个事情被公之于众,惹得遐想许多,志摩一生追爱,与女友们的书信是极大的猜测和看点,志摩习惯日记,而日记是最私密最诚实的物件,这些,都成为了了解徐志摩的最捷径。当然,大众再想再揣测,没有几个比当事人更加着急的。据说林徽因是最急迫的人,于是亲自登门到史家胡同凌叔华的寓所向凌叔华索取,不料遭凌叔华婉拒。按理说,这个"八宝箱"应该归属志摩的遗孀小曼所有,林徽因一个外人着急哪门子事呢?这也成了外界猜测的疑点。自己去不行,林徽因便找到胡适,恳请出面帮忙。胡适便编撰了一个合理的理由,以编辑委员会的名义郑重其事地写信给凌叔华,要求凌叔华交出"八宝箱"。看情形,不交似乎说不过,会惹来不必要的非议,凌叔华极其勉强地把"八宝箱"交给了胡适差来的信使。在接到"八宝箱"后,胡适没有按照常理交给真正应该拥有的人——陆小曼,而是转给了林徽因。其实,陆小曼是写过信央求过胡适将"八宝箱"给予她的。她说:"他的全部著作当然不能由我一人编,一个没有经验的我,也不敢负此重责,不过他的信同日记我想由我编(他的一切信件同我给他的日记都在北平,盼带来。)还有他别的遗文等也盼你先给我看过再付印。我们的日记更盼不要随便给人家看。千万别忘。"在另一封信中她又写道:"林先生前天去北平,我托了他许多事情,件件要你帮帮忙。日记千万叫他带回来,那是我现在最珍爱的一件东西,离开了已有半年多,实在是天天想他了,请无论抄了没有先带了来再说。文伯说叔华等因徐志摩的日记闹得大家无趣,我因此很不放心我那一本。你为何老不带回我,岂也有别种原因么?这一次求你一定赏还了我吧,让我夜静时也好看看，见字如见人。也好自己骗骗自己。你不要再使我失望了。"陆小曼想争取到编辑出版徐志摩日记和书记的专利，为此特于1931年12月26日致信胡适。

林徽因在得到"八宝箱"后，校验后，发现似乎少了什么？于是胡适再次向凌叔华提出，徐志摩的两册英文日记藏为"私有秘宝"，指责凌叔华这一做法开了私藏徐志摩书信的先例，会影响到完整的编纂工作。这一桩不能尘埃落定的故事，因牵涉了林徽因、胡适、陆小曼，而这些人，又都是凌叔华的朋友，他们也都是徐志摩亲近之人，这件事也就变得扑朔迷离。心内积怨由此而生，加上林徽因、凌叔华、陆小曼三人同与徐志摩都有过的一些情事，这次事情后，朋友间便老死不相往来了。

后来，凌叔华在1983年5月7日致陈从周的信中说："至于徐志摩坠机后，由适之出面要我把徐志摩箱子交出，他说要为徐志摩整理出书纪念，我因想到箱内有陆小曼私人日记两本，也有徐志摩英文日记两三本，他既然说过不要随便给人看，他信托我，所以交我代存，并且重托过我为他写'传记'。为了这些原因，同时我知道如我交胡适，他那边天天有朋友去谈徐志摩的事，这些日记，恐将滋事生非了。因为陆小曼日记内（两本）也常记一些是是非非，且对人名也不包涵。想到这一点，我回信给胡适说，我只能把"八宝箱"交给她，要求他送给陆小曼。以后他真的拿走了。"凌叔华的澄清，一些细枝末节的信息勾勒出一个真实的陆小曼，她喜欢坦白地讲述心中的话，爱与不爱，喜怒哀乐更为直接地表达在日记中，而且无所顾忌地提到一些人的名字，有些是关于隐私或不满之事的小女子怨尤，这些都不宜公开出去，或给不该看到的人看。最终，胡适绕过极其重要的两位当事人，给了林徽因，似乎林徽因除了与徐志摩有旧情，没有任何理由将徐志摩的私人物件作为自己的物件保留和看到。

据说，"八宝箱"后来还新添了徐志摩写于1925年和1926年间的两本日记及他两次欧游期间写给陆小曼的大量情书，大多是英文抒写，文笔非常优美。

这个"八宝箱"事件，最应该持有的人却也许最先用置身事外的眼光和心态来看待，虽然也幽怨过，但是，相比林徽因的执著得到，陆小曼显得坦然多了，这也是她一贯的性格，什么与她，名利，金钱，或许都不做一回事看待。如果陆小曼再那么世俗一点点，或许，整个人生都会改变了。比如，在与王赓离婚后，她曾有过一次去美国发展的大好机会，她却坚决放弃了。当年，美国好莱坞电影公司风闻名满京城的陆小曼大名和风姿，便主动邀请她去美国拍电影，为了表示非常的诚恳和信任，提前汇给陆小曼一笔汇巨款，大约5000美元左右，而陆小曼生性单纯、自由，崇尚飞扬社交却不是喜好出名之人，这与她的行径似乎不符，但却是如此。且中国人的思想还是有一定保守，一个中国女子去好莱坞拍电影，似乎显得有点不光彩。陆小曼可以串角、捧角，出演剧目等，那些都是纯属娱乐，真正要从事演艺这一行业，倒是有点"戏子"的意味，这个家庭出身的人，自是不愿意的。陆小曼一向有女子的侠义傲骨，"崇洋媚外"对于做过外交翻译官的她来说是不会做的，这也是油然而生的爱国情怀题中应有之义。同时，父母只有她一个孩子，她与志摩又正处于情感柳暗花明的敏感期，更不可能离开故土去美国，便将巨款邮寄回去了。陆小曼是一个分明的人，不喜欢或不符合她脾气的事情，她宁愿失去一些光环，也不愿意违背看自己的初心，这也是许多人喜欢陆小曼的地方，性情纯厚，不掺虚假。

凌叔华关于陆小曼这一通真切的话，陆小曼能理解吗？

一向不懂得经营婚姻的陆小曼，一旦拥有了一个妻子的身份，当热恋的一对情侣，转化为一种日夜相对的亲人关系，她该如何面对这种生活的开始琐碎？以前爱巢是向往，现在爱巢是围城还是以前与王赓一起时的似"坟墓"？然而徐志摩对凌叔华的感情，一阵雾里开花，花非花、雾非雾，迷离的距离似乎触手可及，却终是一场梦的遥远。胜于朋友，又脱离了恋人的轨迹，蓝颜知己，如今这个名词扣上去有些贴切，不真实地向往又有希望的憧憬，倒是朋友的关系让人更加信任和舒坦，这就是凌叔华真实的体会吧。

虽不是特豪华的结婚排场，也让徐志摩倾尽了财力。随后两人归乡一路消耗，花钱也不节制，最后回到海宁硖石期间，徐志摩没有入项，徐申如非常不喜欢小曼这个儿媳，自是不会大力扶持开支花销，两人手头不是算特别宽裕。再到上海定居，房屋要钱，置办家什要钱，租车要钱，佣人要钱……没有哪一样小曼不是捡好得挑。这可以归咎于小曼的奢侈吗？

陆小曼从小到大愁过什么？衣食住行，吃喝玩乐，哪一件需要她

131

担忧到钱身上,她从来没打过钱的主意。这就是小曼大手大脚花钱的原因,所谓的"不当家不知柴米贵",形容陆小曼最贴切,不为过。她一辈子似乎都没当过家,后来有过经济的窘迫,似乎也有人替她排忧解难,这是陆小曼的福气,还是悲哀呢?

第二章
拯　救

徐志摩深信理想的人生："必须有自由，必须有爱，必须有美。"

志摩对小曼的憧憬，充满了诗人般的意识。在他的想象中，所谓的爱人不仅拥有漂亮的娇容，融智慧的头脑、知识、教养于一身，似灵气的顽童，又不缺乏女子的风情万种，能带给诗作灵感的迸发和赏心悦目的心情，有温雅的志趣爱好，又有操持家务的能干之才。小曼是吗？在志摩的眼里，小曼一定是这样的天使化身。精神层面的追寻，让志摩的判断也许偏差不少，特别是如何作一个合格的妻子，这一直是小曼需要进修的科目，又似乎她的这个性情归根结底，又是喜欢她的男子爱着的另一面体现，非常矛盾的纠结体，鱼和熊掌岂能兼得之。

徐志摩曾这样形容他对小曼的拥有感触。在《眉轩琐语》日记里道："得到了陆小曼，是他从苦恼的人生中挣出了头，比做一品官，发百万财，乃至身后上天堂，都来得宝贵。"志摩拥有小曼，而且拥有了小曼的爱，应当全合了他的意愿。他堪称一位幸福的精神富翁。

徐志摩为自己的婚姻预设过白朗宁夫妇的模式，与聪颖的妻子，让美丽的她成为他的生命一部分，让她成为彼此的璀璨夺目。他想象发展陆小曼文学才能的空间，包括陆小曼擅长的绘画等等，凡是与文艺挨边的爱好，似乎志摩都希望或者也在引导小曼进入角色。这是他期望的妻子模样，与他夫唱妇随地进入这个高尚的圈子和领域，成为一种追捧的楷模。

  我是天空里的一片云，

  偶尔投影在你的波心——

  你不必讶异，

  更无须欢喜——

  在转瞬间消灭了踪影。

  你我相逢在黑夜的海上，

  你有你的，我有我的，方向；

  你记得也好，

  最好你忘掉，

  在这交会时互放的光亮！

这首《偶然》写于1926年5月，发表于5月27日《晨报副刊·诗镌》第9期上，署名志摩。也是志摩小曼合著剧本《卞昆冈》第五幕里老瞎子的唱词。

《卞昆冈》是徐志摩与陆小曼合作完成的唯一一部作品，也是徐志摩创作的唯一一部剧本。这部剧本创作的起因，原因非常简单，激发陆小曼的文艺热情，陶冶她的文艺细胞，开发她潜在的文艺因子，让她的兴趣逐步地投向更具有意义的方向上,从追逐红尘绿酒的迷醉中引导到清新淡雅的文学修养轨道上。陆小曼本身具有文艺范儿,典型的才女性情,这是一种沉淀,与家庭熏陶和学校教育息息相关。传言这部剧本是陆小曼提供的。陆小曼与徐志摩这样研究文学还是头一遭。这样的本子,需要耳鬓厮磨着进行,夫妻俩的默契度天作之合,一个说,一个演绎,情趣盎然,反复推敲,处理,琢磨。当然,本子的撰写还是志摩执笔,但是可以想象到,这部剧本,陆小曼上瘾的程度,不然以她的性子,肯定坚持不了许久就没动静了。著名戏剧家余上沅认为:"志摩根本上是一个诗人,字句的工整、音节的自然、想象的丰富、人物的选择,在《卞昆冈》里处处流露出来,而《卞昆冈》人物对话之所以如此逼真动人,那不含糊是小曼的贡献,尤其是剧中女人说的话。"复旦大学教授、新时期复排该剧的文学顾问陈思和认为:"我们对现代文学中主流以外的话剧作品继承得非常少,一直认为只有直接反映现实的作品才有意义,其实主流以外也有不少优秀的戏剧。《卞昆冈》很明显是一部带有唯美主义倾向的作品,但长久以来却由于对文学史狭隘的态度而不在观众的视野中。而一部戏不经过演出,又如何能了解其戏剧效果呢。"

《卞昆冈》中充溢着"爱、美、死"的唯美主义诗意。剧中主人公卞昆冈是位雕刻家,对已病故的妻子青娥有着刻骨铭心的爱。孩子阿明有一双酷似青娥的美丽眼睛,这使他每每看到孩子就想到青娥。为了使孩子有人照顾,他又娶李七妹为妻。但卞对前妻的念念不忘使李七妹嫉妒、怨恨直到报复,毒瞎了阿明的一双眼睛又杀死了他,卞因承受不了这沉重的打击最后也自杀了。全剧在诗意的美中笼罩着一层感伤的悲剧色彩。

这部剧本本身的浪漫情怀追寻和凄惨结局收梢,似乎冥冥之中,也是徐志摩戏剧般的人生写照。徐志摩对林徽因的爱,一直可望而不可及,对于凌叔华的情信任而坚挺,而对于他的"小龙",这一个无法驾驭住的女子,在现实与浪漫的矛盾中,他一直拯救和挽回曾经的梦想,一直为之努力!

《卞昆冈》付出的心血,便是志摩用精神的魅力来感悟小曼成长的一个倾情之作。两人配合默契,感应来电,如果按照这个方向发展下去,或许,一对很伟大的文艺家双峰并峙不是不可能的事情。

陆小曼习惯了花销,单是一个月的费用就高达五六百元,折合成现在的人名币应该在 4～5 万元之间。两个人最先要租三层楼的洋房,初住在上海环龙路(今南昌路)花园别墅 11 号,后又迁福熙路(今延安中路)四明村 923 号,是一幢上海滩老式石库门洋房。陆小曼租了一幢,每月租金银洋一百元左右。养私人的卧车,请好些佣人,据说连家里的佣人丫头都衣着入时,宛如一般人家的小姐。为了维持庞大的家庭运转和满足妻子的开销,徐志摩不断施压自己,不得不同时在光华大学、东吴大学法学院、大夏大学三所大学讲课,疲劳奔波于几所大学间,这不用说,的确是一个非常艰苦的事情。一个人的精力有限,劳力更有限,坚持如此,可想徐志摩这位曾经衣食无忧,浪漫风流的才子是如何地艰辛和坚守中,相信通过自己的智慧和努力,终能够满足小曼的需求。业余时间,徐志摩还兼写稿子诗文,为赚取一些稿酬而倾其时间和脑力,这样,一个月的收入也不在少数了,约 600～1000 元大洋,但是,仍然入不敷出,陆小曼的用度挥霍习惯成自然，两人在理财上也是半斤八两，都没经验和做法。日子得过啊，不得已，徐志摩还捎客古玩的买卖来维持家用。这两个人的家，徐志摩也算是高收入了，供养依旧存在压力。

更要命的是，陆小曼爱好颇多。

捧戏子算是一个喜好。不单极力大手笔捧角，自己也串。加上响当当的名号，常常都是义演名义来压轴。有时还逼着志摩在戏里演个不重要的角色，分享夫妻同台的乐趣。这样的演出折磨，让志摩痛苦不堪，他道："我想在冬至节独自到一个偏僻的教堂去听几折圣诞的和歌，但我却穿上了臃肿的戏袍登上台去客串不自在的腐戏。我想在霜浓月淡的冬夜独自写几行从性灵暖处来的诗句，但我却跟着人们到涂蜡的舞厅去艳羡仕女们发金光的鞋袜。"

小曼病着，一直怏怏着时有疼痛，家庭的各项支出中，这个也算一笔不小的支出。因此，对于抱恙的身体，小曼也就越发娇柔、慵懒，上午大白天的睡觉，休息，午后再折腾一会儿仪容。下午打发一些时候画画、会客、写信，晚上便是放开了去跳舞、打牌、听戏。因为爱惜妻子，志摩也不过多干预，往往是迁就了之。偶尔委婉地告诫几句，收效也不大，也无从劝阻。但是，对于志摩的宠溺和放纵，公公徐申如却极度不满了，对小曼的行为益发反感至极，又拿儿子没办法，更加坚定了断其经济财路的决心。所有来自家庭的资助从此一刀两断，清清楚楚地切割清除，不会再予以这一对夫妻任何的经济帮助。但是，这并没警醒还在玩耍状态中的小曼，她依旧穿梭在各种喧嚣的社交场合上，一样的光鲜丽人，照耀全场的热力四射。

这个时期的小曼玩得筋疲力尽，而志摩奋斗得筋疲力尽。

由于身体虚弱，小曼常常在义演唱戏的时候，突发晕厥的现象，时伴着全身酸痛，让她饱经了打胎后的后遗症副作用。身子羸弱已经是一种不幸了，常年的过度玩耍和病痛集中一起，让陆小曼在夫妻行房事时都极为疼苦，产生了不良反应。志摩一直很想要一个自己与小曼的孩子，而小曼不能生育这个事实，仿佛惩罚式地折磨着她的肉体和精神，不能对外人道，只能自吞苦水。

这个时期的陆小曼，也时常受到徐志摩的"谆谆教诲"，才会有逆反心理和极不情愿。加上精神的空虚和自身的身体，堕落的因子重返侵蚀着她。她需要一种能缓解心灵和肉体不适的支持。

而这个时候，有一个人来到她身边，很自然地充当了救神的角色。他将是影响和陪伴陆小曼后半生的人。陆小曼说：与他，没有爱，只有情。

他是翁瑞午，江苏常熟人，清光绪皇帝老师翁同龢之孙。一个兴趣爱好与陆小曼意趣相投的闲散人。却也有许多过人之处，让陆小曼一直离不开他。

第三章
底　线

　　陆小曼似乎一阵子又回到了在与王赓结婚时的境况。志摩奔波各高校之间挣钱，然后写诗、做事，他与王赓的区别在于，王赓做职业是将事业来做，而目前徐志摩的状态是为生计奔波，迫不得已地做各种兼职，这就是两人在工作繁忙上质的区别。一个是为了自己的前途而追求理想和价值，一个是纯粹为了家庭的安稳度日而奔波劳顿。他们的奔忙，似乎都牵扯到一个人的生活和安定，那就是都爱着的妻子陆小曼，曾经的王赓是，如今的志摩也是。王赓的繁忙，上班下班都顾不上陆小曼，或者不解陆小曼的需要，他们的生活刻板而机械。而志摩与小曼不同，志摩再累，也不忘妻子小曼的心理需要和社会需要，他会尽力抽时间陪着她，看戏、打牌、串角色，虽然极不喜欢，但是在爱屋及乌的表层下，也不放弃对小曼的"改造"，他相信，在他的努力下，小曼一定会变，会成为他一直喜欢的、憧憬的女子模样。这二人在与小曼的夫妻生活中，表现的爱护一个在内，一个全身心地陪伴，这一点上，志摩作为丈夫，是非常有韧性和柔和的，似也说明只有真正的爱才能够如此包容。

而小曼呢？她的烦恼和孤独还是滋生了，她还会走一条老路子，让志摩也饱受一些王赓曾经经历的痛苦吗？

许多当事人和后来人都会问一个问题，志摩那么多情，他到底爱不爱小曼，是不是全身心地投入到了爱小曼的情景中。时间是最好的见证人，光阴不改往昔原貌，证据确凿。

小曼生闷什么？志摩知道，小曼虽不说。徐家人一直对小曼的不待见，成了她与志摩心中一条看不见的鸿沟，虽说不能真正地影响到他们的感情，但是，始终心里有一个结无法打开。徐申如这样的封建资本家，在当地的名望，以及教化子女和家族的门楣，加之志摩又是独子，儿子离婚，再婚，而且再婚时的对象也是离婚的女子，这女子的丈夫还是自己儿子的同门师兄，与自己也熟知相好相契。这样一路下来，单不从思想顽固方面来解释徐申如的表现，就这个够他消化不了，有辱家风门风的这个罪过，一并记在了小曼头上。而小曼的行为作风，散漫清傲，不拘小节的娇小姐性子，徐申如视为不检点，有损女容。这还得了，这是触犯了封建阶层一个家族的脸面问题，老爷子外面无光，儿子不争气，这样的情形下，没有一个人会真正的在短时间内接受和原谅小曼就是自然和必然的了。

小曼内心的这些苦恼，缺了对象和知己倾诉，就像当初她在王家没有人理解她的内心，只看到她将军夫人的光环多么的耀眼。现在，众人面前的她是徐夫人，是诗人的妻子，更涂上了浪漫的因子，但是日复一日地重复，她也觉得了无生趣。她毕竟才是花样年华的女子，生性天真活泼，以现在规定的结婚年龄，她离婚时才是如今的早婚年龄，这样一个心智还不是很健全、经历特别单一的人，经常生出些摇摆的想法再正常不过了。于是，泡在公众场合的小曼夜晚生机勃勃，而白天却全是恹恹地、萎靡不振的神情。

她其实需要倾听者，需要一个耳朵。就这么简单。她只是孤独了。

源于翁瑞午的身世，祖父是光绪皇帝的老师，父亲曾任桂林知府，祖上留下的古董字画的大家业，已经足够他挥霍一辈子了。翁瑞午有财，虽然公子哥儿，但极有才，虽不及徐志摩的名声和成就，但是，他的特点和优势却是一般男人没有的。他擅长书法，行书、小楷，精通古玩鉴赏，识得花卉情趣，也喜欢绘画。谈吐幽默、风趣，落落大方，善交际，好朋友，因此社会关系多，懂得人情世故，识得大体，当然也会明白女人心思，做得体贴入微。

志摩和小曼从北平回到上海不久，就与翁瑞午相识，并经常互相串门，相约一起登山游湖。翁瑞午投了陆小曼所好，能说好听的北方话，和陆小曼一样地落落大方。唱戏对戏，和小曼有许多可以谈得拢的兴趣爱好。小曼喜欢画画，正好翁瑞午也好这个，而且家里的名画不少，寻了理由，时不时送几张好画名画给小曼把玩鉴赏，慢慢地，小曼对翁瑞午自然另眼相看，本身翁瑞午这样的人就不讨厌，风趣的形象作风，逗乐子使人特别觉得愉悦。徐志摩夫妻二人与之结为好友后，也不见外，一起外出游览，有时小曼便和翁瑞午一起唱戏，这些都是志摩知晓同意的。或许后来有人认为，志摩在走王赓的老路子，将自己的妻子推到别人怀中，但是终究走到最后，事实给出的答案更多的不同，说法不一。

据陈定山《春申旧闻》载："陆小曼体弱，连唱两天戏便旧病复发,得了昏厥症。翁瑞午有一手推拿绝技,是丁凤山的嫡传,他为陆小曼推拿,真是手到病除。于是,翁和陆之间常有罗襦半解、妙手抚摩的机会。"陆小曼在翁瑞午给她推拿治病的时候曾问他:"瑞午,你给我按摩确实有效,但你总不能时时刻刻在我身边啊,你不在的时候万一我发病的话,有什么办法呢?"这一问,就问出了一个坏习惯。翁瑞午对陆小曼说,吸鸦片可以缓解病痛,只是不到万不得已不要采用。陆小曼知道这东西的厉害,连忙说翁瑞午是馊主意,坏办法。但是,后来瞧见翁瑞午腾云驾雾有滋味的样子,也抱着一试的态度,心想,自己老犯病,或许这样真能稳住自己的犯病,这样一下子立场没有坚定,随之而来的就是无法收拾的上瘾,至此后,再也戒不掉了。陆小曼和翁瑞午两人一起,常常在客厅的烟塌上隔灯并枕酣然肆吐云雾,好不惬意。

除了鸦片瘾上成了"君子"之交,陆小曼已经离不开翁瑞午的推拿缓解疼痛。这种推拿技术,算是一门特殊绝活,非一般人能会的。而翁瑞午每次出现的时候,就是陆小曼最需要的时候,因为疼痛难忍,志摩也非常替小曼难过担心,有这么一个人替自己为妻子减轻病症,何乐而不为呢?但是,这在封建社会礼仪下,毕竟是授受不亲,容易遭人非议的新鲜事,而且又是有头有脸的几个人物。自然,为了避免这样的情形发生,志摩也曾经预防过,要求治病时,翁瑞午同女儿一并来,慢慢地,小曼再也离不开翁瑞午的治疗,而治疗也真能起到真实的效果,志摩心疼小曼,即使心里有一万个不愿意,也无可奈何。当然,听到外界的风言风语,还有朋友们的提醒,志摩依旧坚信自己的妻子小曼,对于这一点他非常有信心,他说:"夫妇的关系是爱，朋友的关系是情，罗襦半解，妙手摩挲，这是医病；芙蓉对枕，吐雾吞云，最多只能谈情，不能做爱。"志摩都这么说了，其他人还能说什么呢？

传闻最厉害的一次是三人同台唱戏那一出后，被小报借机渲染大肆炒作。这是1927年12月6日，上海静安寺路上的夏令配克影戏院，一场由天马剧艺会组织的京剧票友会上，正在上演《三堂会审》，这出戏的高潮部分《玉堂春》，讲述的是被诬谋害前夫的民女苏三冤情得以洗雪，并和山西巡按王金龙历尽千难万阻，终成眷属的故事。饰演主角苏三的是名噪一时的陆小曼，而饰演男主角的则是翁瑞午，经不住小曼的耐磨，志摩客串了一个跑龙套的角色，而厌恶这事的志摩忍着性子都是为了博得妻子一乐，如此简单而已。这次演出引得上流社会的名媛小姐，公子哥儿竞相来捧场，寻找花边的"狗仔"记者没忘记深度地挖些"新闻"，自然中靶的就是这三人的关系炒作，颇具卖点和热点，是非炒不可的题材。于是徐志摩自然成了笑柄。当初他强加于王赓的所有难言痛楚，如今一一在自己身上得到了体验，尝试了作为一个男人的无奈与悲哀。

翁瑞午出现在志摩和小曼的视野里，最早的记录是在徐志摩1927年1月6日的日记里这样谈到："昨夜大雪，瑞午家初次生火。"

小曼有病，而且一生都无法游历远处的风景，她不敢过多跑出去。她的侄孙邱权回忆说："很多的书里面的描述都是很典型的。这种是精神忧郁症。但是这个时候只有翁瑞午给她鸦片抽了以后，才可能麻木一下她的神经，所以在这个情况下才吸的。因为我姑婆那个病很怪的，她神经疼，全身的神经疼，这痛那痛，你找不到一个最后的痛点到底在什么地方。她到后来老年都有这么一个病，就是觉得浑身不舒服，这个关节不舒服，那个关节也不舒服。所以说这个病，可能就是当时吸鸦片的后遗症。我们所有的亲属都一致认为我姑婆抽上鸦片是为了治病，而不是为了精神上的空虚去追求鸦片。"

而对于自己吸食鸦片，陆小曼曾写到："喝人参汤，没有用，吃补品，没有用。瑞午劝我吸几口鸦片烟，说来真神奇，吸上几口就精神抖擞，百病全消。"

鸦片和推拿，成了小曼和翁瑞午两人见面的一个载体，合情合理。志摩也觉得符合常理。

中国艺术研究院研究员张红萍评价说："徐志摩自有他的一套处世哲学。徐志摩说男女之间的情爱是有区别的，丈夫绝不能禁止妻子交朋友。鸦片烟榻看似接近，只能谈情不能说爱。所以他认为这个男女之间鸦片烟榻是最规矩、最清白的。而最嘈杂和最暧昧的是打牌。"

徐志摩这不是在辩驳，他就是这么想的，他的思维模式始终与他人不尽相同，这或许就是诗人的眼界和独特意会吧！

第四章
北　漂

　　吃穿住行，再加上鸦片的消费，一阵子下来，徐志摩兼职上海和南京几所大学的教学工作，都不能满足家庭的生活开支。实在难于继续支撑，有时也就硬着头皮借债填补虚空，这样拆东墙补西墙，反复成了恶性循环。曾经一派西装革履，也长衫俊逸的徐志摩，到捉襟见肘时竟有了补丁的衣服，这是非常让人难堪的事情，况且这么一位从殷实家庭中出来的独生公子，又是人尽皆知的才子，对外一直保持着良好的社会形象，这么一副装扮，谁也不会相信他此刻入不敷出的境况。但是，即使这样艰苦，陆小曼在外依旧风光，一样挥霍无度，而志摩仍然宠惯着她，虽然也常有责备之意，让她多学习文化艺术，拓宽文学领域，那些戏剧等消遣玩意儿少去触碰，鸦片也得戒了。其实，明眼人一听，都是极好的关心和爱护，对陆小曼来说，她不作这么想。她是停不下来的社会人，鸦片因为身体原因是不能放弃的，这是可要了她命根子的事情。平时打发日子的爱好就这几样，都给戒掉，这样平淡毫无生机的生活，陆小曼过不惯，这样的日子，从小到大太熟悉不过了，成了一种自然的常理。要改变她，很难！

谁之错，谁之过？

当初结婚时，志摩就清楚明了小曼的家境，金窝子里捧大的小仙女，"观音娘娘"手轻轻地一撒，什么都有了。小曼生在观音日，似乎沾满了灵气和福气，从来没愁过经济路子，也无须打理和料理家务事，从头到尾有人一一地办好，她就享受饭来张口、衣来伸手，出门有车的小姐、富太太待遇。给她提到钱的问题，或许真没一个心里数，到底日子该怎么过，该怎么盘算未来，小曼从来都不是家庭主妇，也没有管家的观念和理念。

这样的一种状况就难办了。志摩挣一个钱，小曼用出去一个半钱，怎么也对不上同步的节奏。本来，如果徐申如搭一下手，接济小俩口，也就不会弄得这么狼狈了。但是，徐申如坚决不待见小曼，老公公对于这个儿媳妇是骨子里生怨恨。一怨她的到来，将最喜欢的儿媳妇逼走了，张幼仪在徐申如的心中，有谁也撼不动的地位，徐家打心里只承认张幼仪为儿媳妇；二怨小曼将志摩抢走了，徐家独一公子，可想而知志摩对于家庭和家族的重要性，徐家的希望都在这个儿子身上了，家大业大总要有一个成气候的人继承；三恨小曼给徐家带来的门庭羞辱，吸大烟、唱大戏，更重要的是拖垮了志摩的意志和精神，让他疲于生存和生活，才情被慢慢地侵蚀掉了；徐申如还恨，小曼不是正正经经的过日子的女人，志摩一味地迁就与将就，终归要毁了志摩自己的前途和未来，这些都是小曼一手造成的。徐申如一口认定，没有回旋婉转的余地。

徐家一直坚定地不要陆小曼进门,到后来,徐家夫人、徐志摩的母亲病重,小俩口要回家探望,徐申如只允许徐志摩回去,把陆小曼的请求拒之门外,特别绝情。陆小曼对徐家的种种不公待遇,彻底失望,又难于言表,这种伤痛还不能太直接告诉志摩,说不定诉苦多了会里外不讨好。

志摩对于父亲和家庭给予小曼的冷眼相待其实非常清楚,难过,替小曼心疼,可见这不是小曼一个人的事情。和小曼成亲后,他们是一家人了,怠慢小曼,难道不是对志摩的怨怼和抵触吗?徐家人没有想过,既成事实的定局,不管你愿不愿意,徐家人与小曼都有了亲属的关系,是不容置疑的自然之事,谁也不能摆脱这个事实——一纸婚姻作了宣判。徐家人也没想过要好好地融合起来,尽力地接纳才是和美之策,人说家和万事兴,徐申如是老封建,按说熟谙此道,却不能真正地设身处地为大家庭、为儿子、为自己想周全,这不能不说是一个失策。自然延伸到了后来的小曼与志摩的生活不如意,直到人去也,也没人能够确切知晓许多内里的牵连是多么的重要和必然。

志摩一直痛苦地南京上海两地跑地劳累教学,也就在此时,胡适向徐志摩抛出橄榄枝,递来可以去北平工作的信号,诚意邀请他北上发挥才能,任北大教授,兼女师大教授,这样的条件无疑是极好的。国内尖端的名牌大学,又能多兼职一所学校,从收入、从层次等来看,绝对是名利双丰收的大好事,徐志摩愿意,是非常的愿意,既能缓解家庭经济困难,又能携妻子回到他们曾经爱恋的地方,北平是

"小龙"的海，小曼也许归乡后会更为喜欢和快乐。而也有人揣度过还有一个不能外道的原因，那就是林徽因在北平，志摩迫不及待地前往，有一份执著是为林徽因而去。小曼怎么看？觉得该与志摩一同前往，回到如鱼得水的老地方？看似这样的选择是不言而喻的，夫妻偕同追求更好的生活，理所应当支持并配合，但小曼最后是放任了志摩去北平，虽然她心里也苦涩。小曼决定留在上海生活，两人开始了分居两地的"鸟人"。只是，只有"北雁"归来的情形，离了上海，小曼一身病没了"药引"治疗，这事就大了，所以她决定留在了上海，而后一生也没离开过。

志摩落寞黯然地离开了北平，成了"北漂"一族。

与小曼结婚后，除了回乡途中在上海的无拘无束日子，两人相伴的开心，就数在海宁硖石时，徐申如和夫人离开老家的那一段时光，志摩和小曼前所未有的放松、自由。他们不用工作，不用发愁生活，整天面对面地游艺，却依旧保持着新鲜度。小曼是取之不尽的灵感源泉，她像有一对美好翅膀的仙子，总能给人天马行空的想象空间，小曼本身博学多知，对于西洋的见解和认识也和志摩有共同的语言可说。两人琴瑟和鸣，艺术和文艺都可探讨、相知，相对于志摩的才情，小曼也是有文学底子的人，以前常和一干人泡在新月社，不会作诗也会吟。当然，小曼的天分程度不止于此，不然，如何恁大才子徐志摩为之倾倒，进而非娶不可，到婚后的爱护、包容，已经达到了一个男人的最底线，他却依然不放弃她，足以说明小曼值得志摩为之付出，无怨无悔地竭尽全力为她、爱她！小曼的美，不是几张黑白胶片就能放大的兰心蕙质,小曼的才,也不是简单能从一二抒发中能体验的好,既然志摩承认她、追随她,也不妨想想,小曼曾经的倾城一世,该是让多少人遐想的那种绝代风华。

海宁硖石吹的是乡野之风,对于生在大都市,长在北平城的陆小曼来说,不习惯是必然的。公公婆婆的脸色,使得原本体弱的陆小曼生了一场大病,失望和悲伤油然而生。好在志摩的悉心关切和无限爱意时时在,她还是她,没有失去前路的信心。随着两位老人的离开,小夫妻放开来成了林中飞鸟,更加引吭自在,习性天然。很快地,小曼的病也就在大自然的呵护下,在徐志摩的宠溺中慢慢地好起来。而这一切随着他们的情浓蜜意本该延续下去,一对神仙眷侣,情趣饱满在生气勃勃的对明天的憧憬中。如果没有战争,他们不会被逼迫离开家乡去上海,就不会走到后来的两地分离。如果没有沉重的负担,志摩将文学的情趣爱好作为一种事业,享受过程和实现价值,而不是成为维持生计的职业,那么,他的成就定会远远地大于我们现在看到的成果。如果小曼的天真烂漫和灵动多才,一直无穷无尽地将传递给志摩以激情,那么两人碰撞的火花会越擦越亮,或许灵魂七窍,多思而勃发,更会沉淀出人生的厚积,越走越踏实、深远。

但事与愿违,生命的路径,从来没有重复或悔步,一切随着日月轮转向前,向前,不停歇。

他们何时想过分开,而分开为哪般?小曼懂得把持一点,知道生活的艰辛和不易,些微改变了消费的观念与社交的频繁。又或志摩再坚持一些,将这最难熬的时段,作了诗意地栖息,慢慢地用行动和爱意来融化小曼那一颗童稚不懂生活难易的心,他们的未来,罅隙也会逐渐愈合而无间。然而,关键时的丢盔弃甲或方向的选择错误,将为命运埋下伏笔,没有一个人能预测和看清走向。

他们,在等下一个天亮!

第五章
距　离

上海是一个光怪陆离的世界，在民国时期，这里的热闹与繁华，十里洋场的汽笛、人声、吆喝，烽烟不近地麻醉着红男绿女。山河不在都市中，多了一份安全和自在，少了"常怀忧患意识"的危机感。相对的"太平"气色，让上海的贵族名媛、少爷公子们还有嬉戏的情致和雅趣。

陆小曼适应上海生活，远比北平更爱。京城之内的古楼高门，虽然古典气派，浑厚天成，有无以复加的贵气，她曾经也是京城名媛圈的宠儿，社交场合的焦点，但是，过去的一切，辉煌的光环，似乎没能挽留住她对北平城一丝丝的眷恋。还有爱情的美好，学校的飞扬，那两场轰动京都的隆重婚礼，都成了过去时，真的在她心里抹去了吗？她和志摩在京城相识，在京城相爱，在京城接受了许多人异样的目光，在京城还插着一杆旗帜，他们对人性解放，对自由婚姻无悔执著地追寻，她都忘了吗？始终，她没有走出这一步，于是，在京城工作的志摩，就多了一项特别的任务——"探亲"。距离不是问题，爱情招人回去。

志摩是 1930 年秋去北平的，小曼不肯同行，于是志摩只能承受这种工作在京城，而心系着上海，一刻也不得安宁的心境。小曼寂寞、娇柔，事事依靠志摩来处理，志摩这一走，时常聚集了许多事务需要他回去才能解决。志摩的无奈，不影响他对小曼的迁就和想念，仅 1931 年上半年，徐志摩在京沪之间来回跑动就有 8 次之多，平均一个月不止一次与妻子小曼相聚。以时下的痴情夫妻也未必能做到，况且如今的交通如此发达。见一面容易，两次也可，真正坚持就难了。徐志摩的念家，行动远比诗意来得自然而感动人。为省钱，志摩常常托了朋友，搭乘免费的公务飞机或邮政飞机等，小曼不放心，就叮嘱志摩不要乘坐飞机，这样不安全，自己也特别紧张。志摩只得说："你也知道我们的经济条件，你不让我坐免费飞机，坐火车可是要钱的啊，我一个穷教授，又要管家，哪来那么多钱去坐火车呢？"志摩的话，深深地刺痛着小曼的心，涉及钱的问题，小曼是懂的，志摩去北平，就是去挣钱来养家糊口。小曼无法平息自己的心绪，只得悻悻难过地说："心疼钱，那你还是尽量少回来吧！"有委屈、有心疼、有倔强，这生涩的果子，唯有自己吞下，无以言表的落寞。志摩是不会丢下她的，她一直缺少关怀人的心，她还小吗？29 岁，那时花开，清妍婉丽，芬芳四野。志摩爱着小曼，一个爱着的人，无论如何境地，如何心情，如何不易，都会义无反顾地回到爱人的身边，哪怕只有短暂的一阵子，光阴的刻度，记下绵长的思念和挂记，尽管千山万水的阻隔，也会往南飞！

　　其实，小曼曾对郁达夫之妻王映霞诉说过："照理讲，婚后生活应过得比过去甜蜜而幸福，实则不然，结婚成了爱情的坟墓。徐志摩是浪漫主义诗人，他所憧憬的爱，最好处于可望而不可及的境地，是一种虚无缥缈的爱。一旦与心爱的女友结了婚，幻想泯灭了，热情没有了，生活便变成白开水，淡而无味。"小曼的体会抱怨，到底掺杂了多少苦恼和烦忧，这应是她本位的思虑结果。志摩呢，他会想到些什么？以眼前这来回的南来北往密集程度，小曼在志摩心中的地位和重要性可想而知，不然，也不会在当时交通极不发达的情况下不顾一切地回家"探亲"。小曼看到的是忙碌的志摩，越来越不会作诗的志摩，灵气越来越被淹没了的志摩，这样的志摩，是凭空而改变了的志摩吗？

徐志摩的情爱，一生被人圈点，说他多情种子，红颜无数。也许，徐志摩的感情和知己，在他每一次付出时，都是诗人般的憧憬和渴望。他不按常理出牌，有着敏感而冲动的触角，所以，唯美、与众不同、绝代风华、才气逼人是他追求爱的硬性条件，这样的女子少之又少。志摩得一小曼，是真的捧在了手心里，生怕苦着她了。这不是小曼能感受到的真实情感，当明白和体会的时候，一切都已经远去，悔之晚矣。

志摩疼爱小曼，生怕她受气。即使父母给小曼气受，他也是护着小曼的。

1931年4月，志摩母亲病重，他决定赶回家探望母亲。而与小曼关系日益恶化的徐申如，要求小曼不能同去，志摩非常生气，母亲在病中，他也无可奈何。几天后，徐申如不得不再打电话催促，说徐母病越来越重，催志摩赶紧回去，志摩问父亲，小曼怎么办？徐申如说："且缓，你先安慰她几句吧！"明显的拖延战术，志摩不是不知道，这是软拒绝，但还是不让小曼踏进徐家的大门。志摩做何感想，小曼又是如何的难过？还有更甚的做法，徐申如是对陆小曼铁了心了。

徐母过世后，小曼急急地赶回海宁硖石，这是她第三次去海宁志摩家。志摩父亲将小曼拦在了家门外，不让其进门吊唁尽孝。小曼只得在当地的旅馆里呆了一宿，便无可奈何而又伤痛地回上海了。与志摩离婚后徐申如认作干女的张幼仪，却受到了徐家人的尊重，以干女儿的身份名正言顺地参加了徐母的葬礼，这样的安排，显然不将陆小曼作儿媳妇看待。这种打击是相当大的，也是极为深远的，陆小曼在徐家不但没有地位，连最起码的尽孝义务都被剥夺了，这是一种什么情形？非常尴尬又无可奈何。

看见妻子受到如此待遇，志摩的心更疼，作为男人，娶了自己心爱的女人，却不能给予她最基本的家庭权利和义务，该是多么的怒不可遏。他愤怒着，当即写了一封信给小曼表达自己的心境："我家欺你，即是欺我。这是事实，我不能护我的爱妻，且不能保护自己。我也懊憞得无话可说，再加不公道的来源，即是自己的父亲，我那晚顶撞了几句，他便到灵前去放声大哭。"志摩的信件如此无比的懊恼和疼惜，毕竟这是既成事实，不能改变的现状。或多或少都会影响到他们两人未来的关系，而这一阴影伴随着其他矛盾和不理解越加深沉。

一个在南，一个向北，南辕北辙的走向，注定未来许多故事发生。

胡适怎么力荐徐志摩去北平做事呢？志摩和小曼夫妻二人的生活世界虽然有裂痕，也有经济上的困难，但是要达到分道扬镳的各顾一头，却也没有这样的迹象。胡适草草力挺徐志摩去北大，有心人善于揣测，就有那么一些人认为，胡适一直喜欢陆小曼的。当这一重磅炸弹抛出的时候，其实也没有什么大惊小怪的，以陆小曼的气场美貌，没有不为之心动的男子，更何况多情的胡适，与陆小曼接触非常多，也相对较早，胡陆二人的友谊在徐志摩之前就有了的交往。也许有人说了，徐志摩进京，一部分原因为了林徽因，林徽因在京城，这样他们就有了见面的机会，爱着一个人，就会想方设法地去见她，跋山涉水也不惜。胡适便充当了这个媒介，提供了这么一个席位让徐志摩钻进去，他想干什么？又有人在私下传了，胡适这是为了拆散徐志摩与陆小曼，通过这样的途径让徐志摩重新点燃对林徽因的激情，然后达到与陆小曼分居分离，最后劳燕分飞的局面。这些传言不得不说具有丰富的想象力，来龙去脉，细枝末节都描摹得像模像样。但是，陆小曼心里是生气的，也就是她不愿意北归与志摩一道的原因。但是，胡适又从何而起这样的心思，处于一种什么样的心结，这事似乎想复杂了，也扯开了些，回过头去看看小曼与胡适的感情渊源，或许能感知一二题外的故事情节。

胡适的一句："陆小曼是北平城一道不得不看的风景。"道出了他对陆小曼的总体评价。看似不带感情色彩，只是一位朋友和学者非常漂亮的名言警句，夸夸人而已。其实，这是一个最高的赞誉，对于胡适来说，陆小曼这一道风景，无人能及，在他心里，也是独一无二地暗藏喜爱。

"小龙"闹海，闹得是大动静，她在无意地腾云驾雾，飞来飞去地快乐嬉戏，却不想这种种不经意流露，更显自然之色，正是文人墨客最欣赏的初心状态，不受染色的丝绢，细腻而温婉地流淌着芬芳。

陆小曼的美，从来不娇柔做作，她有的是让人流连忘返的纯真，人人都不会拒绝的笑靥花开。

第六卷 往事如烟
Chapter·06

通往幸福的路，总会错几步，而我，是错得无以复加的地步。

你喜爱的康桥，那个春天，滟滟的波光，在时光中穿梭着，打哪儿来，又往哪儿去？没有折射出你的影子，我想了想，你在与不在，都不会在别离了。

而康桥早已在你的心里，你的康桥在后来的后来那些诗人们的灵魂里飘荡。水草依旧柔软，依旧有小划子打乱了一溜晴川，荡桨开去，一些冰凌凌滑入在湖蓝中，没有应声。连一记留恋的响动也去了，祭奠青春，还是生命，或许都不重要，你曾经测立在水未央，高高的影子埋下去，还是那天的康桥，康桥下娓娓地蔓溯绿芜。

灰扑扑的云层慢慢垂下来，我的窗幔和天地一色，明朗远去，暮色在町畦里堆砌日子，想着还有许多进驻你心里去的机会，收拾好一层层薄薄的片语，有些耳熟能详了。你念过的《偶然》，回响一阵阵。

还有那些莫名的涌动，折叠你的过去，又铺展了，将内核抽丝剥茧，你在我眼前，不管什么模样般，都想，有温柔的热度徐徐地呼吸。然而，我的空壳还是老样子，唯有一件素衣，是你向往的清濯秀丽吗？

我画山画水画小亭子，都是高高的青峰上，窄窄的山径，想寻你，那么的路远山高，我看着看着，便在手心上，再点墨一圈，十年，我也可以磨一剑，插上云端，你会在端顶微笑的恣意，好看的扯扯嘴角，没有吱声。

梦一醒，万紫千红都是春夏秋冬的色泽，谁也带不走那天康桥的云彩，康桥的诗篇。

我，想你了！

用了一辈子的救赎，祭奠那年、那天、那人、那故事……

第一章
流　言

　　胡适与陆小曼的流言，没有广泛地传播开去，也许，关于胡适本人和陆小曼自己，他们各自的精彩已经掩盖了这一段似有非有的感情故事。但是，还是有人在挖掘一些可以津津乐道的内幕。

　　了解陆小曼与胡适的情感，先得说说胡适的妻子江冬秀。江冬秀是胡适家庭包办封建婚姻的妻子，而尽管胡适也是感情经历相当丰富的一个人，情感传闻颇多，却一生与妻子终老，天年共享。这不得不说，胡适自有他的定性，或者是江冬秀太过厉害或值得胡适不愿意解开婚姻枷锁，据说，都有因子构成，江冬秀在感情上泼辣，胡适在暧昧上摇摆畏缩，都促成了两人家庭道路健健康康地直到最后美满。胡适有过曹诚英、韦莲司等绯闻女友，在感情上一直被认为和曹诚英最为炽热。所以，时间和人事的重合，显得陆小曼在胡适的感情经历中不那么明显，而且，胡适在陆小曼与王赓、陆小曼与徐志摩三角恋爱中充当的角色可以说是多面。首先他是徐志摩亲密无间的挚友，也是王赓的好朋友，他也是王赓、徐志摩委托照顾和开导陆小曼的一个中间人，这特殊的关系既复杂又简单，陆小曼尊称胡适"先生"，说明在他们的交往中，胡适的导师形象是十足的。而我们从一些只言片语中去采撷真实，可以慢慢地发现一些蛛丝马迹。

1924年，胡适的女儿素斐一直缠绵病榻，医院住了半年后，于同年7月不幸离世。胡适非常伤心，之前又有一些言论诽谤，闹得有些厉害，所以情形颓废不振。这一期间，胡适经常喝酒解忧愁，陆小曼曾传信劝慰："我求求你为了你自己，不要再喝了，就答应我这一件事，好吗？"这一年胡适三十四岁，虽年龄刚过而立，似是中年心境，历经了世间滋味，大红大紫的闪烁到众说纷纭的诋毁，他有些一蹶不振。这个时候遇见的人，特别是像陆小曼这么轻言细语，懂得温婉而明媚如春的多情女子，在这样落魄的时候遇见正是上苍赐予的仙子，自然温暖亲近，陆小曼给予胡适的劝慰书信，关切而焦急，不亚于亲人的关注程度，让人难免猜忌众多。

陆小曼和胡适的通信，英语交流的时候多，偶尔才蹦出几个中文，据说是怕胡适夫人江冬秀看懂，江冬秀文化有限，英文是一定不会的，他们用英语中的暧昧词句，只有他们自己迥然一笑懂得其中的奥妙和乐趣。那么，胡适和陆小曼是怎么靠近的呢？没有无缘无故的爱，也没有无厘头的感情线索。先谈王赓，1924年，陆小曼还是王夫人的冠冕，她的不快乐和忧郁，王赓看在眼里，也无法解决，于是，想起了请胡适帮忙，胡适的能力不需要人赘述，对于女性的心理劝解，或许更有一些"秘方"，毕竟他的文化头衔和知识水平不容置疑的。

不用去仔细探寻和揣度，王赓1925年4月在给胡适的信里告诉了一切答案，他道："谢谢你们二位种种地方招呼小曼，使我放心得多。这几个月来，小曼得着像你们二位的朋友，受益进步不在少处，又岂但病中招呼而已。她有她的天才，好好培养可以有所造就的。将来她病体复原之后，还得希望你们两位引导她到 Sweetness and light（蜜与光）的路上去呢。"这是胡适肯定答应了王赓的委托，帮助他引导陆小曼生活和学习的。而另一方面，胡适又充当了什么角色呢？

在王赓感谢胡适的同时，胡适为陆小曼和徐志摩充当着"白鸽"信使。远游欧洲的徐志摩一封一封写给陆小曼的信，都是寄到胡适名下，托他代转的。胡适几重身份，让他频繁地接触到陆小曼，而陆小曼的美丽和活泼，引燃"先生"的爱慕和热情也在情理之中，一个长期相处的人一起久了，也会有感情存在的，何况两人都那么优秀耀眼。

在志摩心中，胡适是一个可信任的人，更是一个能够理解他和小曼的恋情的人，他甚至对小曼说："他们——如'先生'、如水王、如金——都是真爱你我，看重你我，期望你我的。他们要看我们做到一般人做不到的事，实现一般人梦想的境界。"这些故事纠结的同时，陆小曼写给胡适的一封信中说："现在大家都知道你是我的先生了，你得至少偶尔教教我，才可以让他们相信你确实是他们心目中想象的先生。"

陆小曼与胡适一直有着良好的关系，保持着英文通信，他们的这些通信，有许多疑点，显得暧昧而多情。比如："你为什么不写信给我呢，我还在等着呢，而且你也还没给我电话。我今天不出去了，也许会接到你的电话。"又如："我最亲亲的朋友：我终于还是破戒写信给你了！已经整整五天没见到你了，两天没有音讯了。""你今天下午好吗？不要急着出来，因为你可能会着凉。好好在家静养。听话。我永远都是对的，对不对？"这些关切和热情洋溢的问候，不得不让人联想到亲密关系。

陆小曼与胡适的暧昧传言，演绎成一出"四角恋"的故事。而最终让这个故事如梦初醒的便是胡适的夫人江冬秀。也有人说最先喜欢陆小曼的是胡适，胡适无法跟江冬秀离婚（胡适很惧内，江冬秀是出名的母老虎），陆小曼后来才将热情转移到了徐志摩身上。待到徐志摩和陆小曼的爱情传遍京城，胡适又极力撮合，作了月下老人，于是江冬秀怒不可遏，大骂胡适。

有一天叶公超等人在胡适家做客，江冬秀又来劲了，当着客人的面骂了胡适，骂新月社的这些人："你们都会写文章，我不会写文章，有一天我要把你们这些人的真实面目写出来，你们都是两个面目的人。"刚说到这儿，胡适从楼上走下来，对江冬秀说："你又在乱说了。"而江冬秀反驳道："有人听我乱说我就说。你还不是一天到晚乱说。大家看胡适之怎么样，我是看你一文不值。"（叶公超《新月怀旧》）

江冬秀很介意陆小曼和胡适，包括胡适插手作徐志摩和陆小曼两人的感情邮递员。也许，还有些只能意会不能言传的事情，江冬秀无法忍受，才整天到晚地追着胡适骂。

陆小曼的感情随着许多不确定动摇过。

"我不想再寄信（给徐志摩）了，但又怕他担心，他为什么会那么记挂我呢？还是这就是他的本性？"在爱情的天平上，感情有了松动，势必就会产生倾斜，小曼对于眼下的感觉，更胜于远在海外的志摩。而归期无限，焦虑重重的她，难免会被一时的心动冲击坚固的防堤，她和志摩的感情热烈得像红艳艳的玫瑰花，而胡适这样的男人，温文尔雅，有着细水长流的清流气息，高远亦能琴瑟唱和，不失一位绝佳的情侣选择。然而，胡适对于感情的分寸和若即若离的保护感，始终贯穿了他的情感历经，他不像徐志摩那样激烈，大开大合，勇于承认和承担，有男子的气概，加上胡适几段恋情的复杂纠缠，使得这段感情的色彩和辨析度不算太高，也容易被人忽略和遗忘。

胡适的有关档案中记载，徐志摩去世后，陆小曼致胡适先生信函数通，今将她写在徐志摩遇难后的第一封信札摘录如下："希望天可怜我，给我些精力，不要再叫病魔成天的缠我……咳，先生！我希望你也给我些最后相助，我已受着天地间最利〔厉〕害报罚，我愿意不要再受人们的责问，你也是知道我的一个人，我现在心里痛，也非笔墨所能形容的……我才起床了两天，许多事还没有力气去做，我以后的经济问题，全盼你同文伯二人帮助了，老太爷处如何说法，文伯也都与你说过了，我只盼你能早日来（最好王文伯未走之前），文伯说你今天来信又有不管之意，我想你一定不能如斯的忍心，你爱志摩，你能忍心不管我么？我们虽然近两年来意见有些相左，可是你我之情岂能因细小的误会而有两样么？你知道我的朋友也很少，知己更不必说，我生活上若不得安逸，我又何能静心的功〔工〕作呢？这是最要紧的事，你岂能不管呢？我怕你心肠不能如斯之忍吧！当初本是你一人的大力成全我们的，我们对你的深情永不忘的……我只盼你能将我一、二年内的生活费好好与我安排一下……先生我同你两年来未曾有机会谈话，我这两年的环境可说坏到极点，不知者还许说我的不是，我当初本想让你永久的不明了，我还有时恨你能爱我而不能原谅我的苦衷与外人一样的来责罚我，可是我现在不能再让你误会下去了，等你来了可否让我细细的表一表？因为我以后在最寂寞的岁月愿有一、二人能稍微给我些精神上的安慰……先生盼你救我一救吧！小曼。"

后来，得知陆小曼与翁瑞午同居的事情，胡适曾经去信一封，要求陆小曼与翁瑞午断绝来往，他可以负担陆小曼今后的生活，被陆小曼婉拒了。胡适始终惦记着陆小曼，这是不争议的事实。两人都是大明白人，知道无法有一个结果，也知道他们没有牵手的可能性，也作了一个知己相知人，这样的友谊来得长久醇厚些。

在徐志摩和陆小曼两人情感处于不稳定期的情形下，胡适邀请徐志摩上京教学，无疑让好心的出发点生出许多说法，这是难免的。

但从徐志摩发展的角度以及减轻家庭负担的角度，胡适提携之手，让挚友有好的前程，这也是应该铭记一辈子的事情。只是没想到，陆小曼会坚决地不回京城生活。

第二章
陨　落

　　人的精神世界和生活世界，是一对苦苦携手的恋人，目标一致，都在彼此追寻着完美地契合，真诚地融入，合二为一。但是，往往一个在天，一个落地，现实的"骨感"，社会的多元，容不得人更多的思量与选择。

　　徐志摩是，陆小曼同样是。他们都是一个领域或一个圈子的精神传播达人，有着航标的灯塔魅力。显而易见，他们为之奋不顾身的憧憬和希望，也被无情的现实撕碎了。一点点的，浪漫不再闪烁，欢快被抵对的埋怨占领阵地，一时半会儿，两人的心结解不开，理还乱。徐志摩的坚持和无怨的关怀，一直是他们依旧共同前行的动力，这动力的来源，似乎还是陆小曼。志摩对于自己的能力评估和对小曼的性情测定，决定了他不离不弃的决心，他想通过自己的爱来改变和融化小曼一颗飘荡浮躁的心，让她归于宁静和温婉，懂得放下浮华，发掘自己最深处的灵气和厚蕴，成为他心中的小曼，心中的爱人模样。一个耐心地等候质变的那一天，一个苦恼地退后一步步。一个想当然地积极操持这另一个未来世界，一个不情愿地坚持自己人生如梦的自由境界。一个朝北,一个向南。他们始终在自己的精神里打望生活,如何能做得了对方的主?交织的矛盾,是由内而发的,与简单的夫妻吵闹还有些许区别。

相互的不放弃!这是小曼和志摩爱情里最为感人肺腑的一面。自始至终,无论猜忌与不满,两人都进驻了彼此的世界里,未曾逃离。也就有了志摩在北平时常不放心在上海的小曼,怕她孤单委屈了,便一直努力自己的行动,一有免费飞机的机会,就急迫地南归。

有一时期,陆小曼对于文学的向往日渐强烈。1929年春天,泰戈尔去日本、美国讲学,途径上海,到徐志摩家做客,在泰戈尔也有专程看望这对小夫妻之意思。当初,在爱情边缘上徘徊的徐志摩,总会给泰戈尔去信诉说一二,告诉老人他们相恋的情形,老人非常赞成欣赏他们为爱不放弃的决心和勇气,特别是收到徐志摩寄给他的陆小曼的照片后,对这位娇小纯真的女子大为欣赏,更加鼓励徐志摩的为爱行动。志摩和小曼结婚后,老人家经常来信,希望有一天能来看小曼,这是一种真情的流露,对徐志摩关心,对陆小曼爱护。远在印度,却时常关心她和徐志摩的感情动态,陆小曼虽然当时对于诗文不太有极深的喜爱,但是对泰戈尔是好奇的,也是充满期待的。因此,听说泰戈尔要来上海看望他们,自是欣喜若狂。老人交代,只做短暂的停留,想静静地在徐志摩家待上几天,不想公开露面讲学。为了迎接老人家的到来,徐志摩和陆小曼花了心思,按照印度的房间样子,专门布置了一间卧室给泰戈尔,而泰戈尔看中的却是夫妻俩的中国式房间,一看就喜欢上了。那一天,徐志摩和陆小曼到码头上接泰戈尔,原想老人家像一般印度人一样黝黑的皮肤,有点冷峻不够亲近的模样,却不想泰戈尔笑眯眯的,像邻家的"小老头",后来陆小曼都亲切地称呼他"小老头"。陆小曼的性子、脾气、为人,徐志摩信中与泰戈尔都说过的,加上相片的提早相见,泰戈尔明心见性,对陆小曼有了一个熟透的了解。这样,陆小曼也不怯了,在泰戈尔面前本色演绎自己的最真,说哪儿是哪儿,想说什么也不必有拘束地藏着掖着,泰戈尔更为喜欢,便对人说这是自己的儿媳,徐志摩为自己的儿子。素面朝天的陆小曼,一通小孩子气息,拉着老人家东去去、西窜窜,又谈文学、说诗歌,也讨论生活,都是用英语作交流,陆小曼在这几天中,学到和懂得了许多珍贵的知识,对她的思想产生了震撼,这是一笔特别的财富,在她心底一直记着和承载。

泰戈尔离开上海,陆小曼和徐志摩都很伤感。码头上,泰戈尔倚在甲板的栏杆上,噙着泪,离别从来都是最苦地挥手归去,让人伤感。此刻的团圆,何时再相逢,或是一别,便是天上人间。泰戈尔送给徐志摩两件墨宝,一件是他的自画像,是用毛笔画在徐志摩和陆小曼的结婚纪念册上,并在下角用钢笔写了首小诗。另一件也是诗,用孟加拉文写就。泰戈尔喜欢陆小曼,也给她的礼物特别新颖,一只用头发和金丝绞成的手镯、一张包书纸和一条印度风格的头巾。只可惜那张如床单大的包书纸,被洗衣的佣人误以为是绒布床单,给洗坏了,成为无以弥补的遗憾。剩下的两件礼物,陆小曼珍藏多年,一直保存在身边,直到生命尽头。原本这种缘分会因为徐志摩的离去生生地割去了,但后来,泰戈尔的孙子来北大留学,寄给陆小曼一封信,向陆小曼索要徐志摩的诗歌和散文手稿,想翻译成印度文,却不想因陆小曼的病重,家人耽误了给陆小曼信件,在陆小曼阅读到信件的时候，人已经离开了北大，遗憾地失之交臂。人生因为太多不完美，才有今天的故事传唱。

陆小曼的思想深处曾经启动过文学的闸门，或许，因为病痛、慵懒，还有其他的因缘未到结缘的地步，始终没有被当时一心打造她的徐志摩发掘出来。但是，徐志摩离世后，陆小曼在静心整理徐志摩诗稿出版时所作的序，还有一些悼念徐志摩的文字，却被看出才情了得，功底扎实不一般。其中，《哭摩》《编就遗文答君心》等散文浓丽哀婉，被誉为文采直逼徐志摩。一些散文（包括她的日记和书信）也是文笔清新，隽永秀丽，不失为佳作。这是陆小曼在文学造诣上的凸显。1956年开始，陆小曼与王亦令合作翻译了不少外国文学作品，如《泰戈尔短篇小说集》、艾米丽·勃朗特的自传体小说《艾格尼丝·格蕾》等。此外，他们还合作编写了通俗故事《河伯娶妻》。可惜的是，只有《河伯娶妻》于1957年由上海文化出版社出版，其他翻译作品交稿以后，尚未发排，"反右"开始了，这些稿子也随之流失，成了极为遗憾的事情。

在徐志摩生前，陆小曼显得很懒散，没有动笔写过什么。但当徐志摩魂归天国后，她用自己的实际行动践行了对徐志摩的承诺："我一定做一个你一向希望我所能成为的一种人，我决心做人，我决心做一点认真的事业。"最终，按照徐志摩对她的希望，她终于成为了他喜欢的女子——看书、编书、写文、画画。在徐志摩生前生后判若两人，她留下了一生中唯一的一篇小说——《皇家饭店》。

这篇小说写了一个名叫婉贞的少妇为了给孩子二宝治病，违心地到了"皇家饭店"去做事，面对饭店里纸醉金迷、声色犬马的生活场景,她不顾一切地昂首走出"皇家饭店"的故事。赵清阁对这篇小说的评价是这样的:"描写细腻,技巧新颖,读之令人恍如其境,且富有戏剧趣味,尽管小说写得仓促,稍显潦草,而主题却有一定的现实意义。"她还说,这篇小说"写了旧社会一群出卖灵肉的女人,也写了不少不甘沉沦的觉醒者。她(指陆小曼)揭露了上海旧社会的黑暗、罪恶,她同情被侮辱和被损害的女人。虽然她没有指点出路,但已反映了她对现实的不满,她憧憬平等和自由。"

绘画成了陆小曼生命的主心骨,后半生,她都是在描摹大好山河、山高路远中度过的,一直坚持与追寻,从没间断过,得到了许多名家的欣赏和赞叹。

当年,回到家的徐志摩,对于散漫的小曼有些失望,劝告戒了鸦片,好生培养些爱好,结果招致小曼的抵对,夫妻俩大吵一架。据郁达夫回忆:"当时陆小曼听不进劝,大发脾气,随手把烟枪往徐志摩脸上掷去,徐志摩连忙躲开,幸未击中,金丝眼镜掉在地上,玻璃碎了。"徐志摩一怒之下,负气出走。平时的小曼偏于温和,素来性子好,这一次竟然不管不顾地大发小姐脾气,是平常没有的情形。徐志摩一看,这股火气上来了,先避避吧!于是借探访故友之机,缓和一下两人的心结。随后,徐志摩先后探访了刘海粟,欣赏了刘海粟海外归来的新作。中午又去了罗隆基处午餐,午后又回到刘海粟处逗留着。结果,这样的退步,没有得到小曼的深刻理解,徐志摩一看任何都无济于事,便拂袖而去。

17日晚上,当徐志摩即将离家的时候,陆小曼问他:"你准备怎么走呢?"

"坐车。"徐志摩回答。

陆小曼说:"你到南京还要看朋友,怕 19 日赶不到北平。"

"如果实在来不及,我就只好坐飞机了,我口袋里还揣着航空公司财务主任保君健给我的免费飞机票呢。"徐志摩说。

"给你说了多少遍了,不许坐飞机。"小曼着急了。

"你知道我多么喜欢飞啊,你看人家雪莱,死得多么风流。"

"你又瞎说了。"

"你怕我死吗?"

"怕什么!你死了大不了我做风流寡妇。"

18 日徐志摩乘早车去了南京,住在朋友何竞武家。晚上九时半,他到张歆海家,在那里,他还遇见了杨杏佛。徐志摩与张歆海的夫人韩湘眉继续讨论了 11 日夜没有讨论定的题目——人生与恋爱。狂谈之间,主人注意到徐志摩穿了一条又短又小、腰间破着一个窟窿的西装裤子,他还像螺旋似的转来转去,寻一根久已遗失的腰带,引得大家大笑。他自我解嘲地说,那是临行仓促中不管好歹抓来穿上的。说笑之间,韩湘眉似忽有所感地说:"Suppose something happens tomorrow(明天可能要出事),志摩!"

徐志摩顽皮地笑着说:"你怕我死么?"

"志摩!正经话,总是当心点的好。司机是中国人,还是外国人?"韩湘眉道。

"不知道!没有关系,I always want to fly(我总是要飞的),我以为天气晴朗,宜于飞行。""你这次乘飞机,小曼说什么没有?"韩湘眉关切地问。

徐志摩笑道："小曼说，我若坐飞机死了，她作 Merry Widow（风流寡妇）。"

这时，杨杏佛接嘴说："All widow are merry（凡是寡妇皆风流）！"

说罢，大家都笑起来。他们谈朋友，谈徐志摩此后的北平生活，还谈一把乱麻似的国事，不觉已是深夜。临行时，杨杏佛在前，徐志摩在后，他转过头来，极温柔地、像长兄似的，轻吻了韩湘眉的左颊。没想到，这是他们之间永诀的表示。当晚，他回到何竞武家住宿，那里，离飞机场近。他是要免费搭乘中国航空公司的邮政班机"济南号"飞返北平。他的免费机票是在中国航空公司财务组任主任的朋友保君健赠送的。

第三章
永　别

没想到，这一次离开便是永别。

志摩给小曼带回家的画册、字帖、宣纸、笔墨，成了最后的礼物和心愿。当失去爱人后的小曼抚摸这些遗物的时候，该是怎样的心情和悔恨。做一个艺术的人，做一个有事业的人，做一个志摩心目中的女人。小曼素衣半生，就为这个遗愿的达成，她是心甘情愿地为自己救赎，为他的梦而圆，为他们曾经美好的向往而继续为他活着。

1931年11月19日，有雾。想到林徽因当天晚上在北平协和小礼堂为外国使节演讲中国建筑艺术，要急着赶到，徐志摩还是毫不迟疑地上了飞机。不幸，灾难悄悄地降临了！

而在北平，此刻协和小礼堂灯火辉煌，座无虚席。

十几个国家的驻华使节和专业人员济济一堂，听林徽因开设的中国古典建筑美学讲座。当穿着珍珠白色毛衣、深咖啡色呢裙的林徽因，轻盈地走上讲台时，所有的眼睛为之一亮。这位27岁的中国第一代女建筑学家的风度和美丽，让他们顿生惊羡之感。

她用标准的牛津音开场道："女士们，先生们！建筑是全世界的语言,当你踏上一块陌生的国土的时候,也许首先和你对话的,是这块土地上的建筑。它会以一个民族所特有的风格,向你讲述这个民族的历史,讲述这个国家所特有的美的精神,它比写在史书上的形象更真实,更具有文化内涵,带着爱的情感,走进你的心灵。"

空灵婉转的音色引来一阵热烈的掌声。精彩开始了。

林徽因开始自信地娓娓而谈:"漫长的人类文明历程,多少悲壮的历史情景,梦幻一般远逝,而在自然与社会的时空演变中,建筑文化却顽强地挽住了历史的精神气质和意蕴,它那统一的空间组合、比例尺度、色彩和质感的美的形态,透视出时代、社会、国家和民族的政治、哲学、宗教、伦理、民俗等意识形态的内涵,我们不妨先看北平的宫室建筑。"

这一场课,徐志摩告诉林徽因:"我一定如期赶回来,做你的忠实听众。"

林徽因下意识地停顿了一下,目光扫视了全场,他没有出现,那张熟悉的脸不再在台下专注她的精彩。上午的时候,徐志摩来电报还说他将搭乘"济南号"飞机到北平,让她下午3点派辆汽车到南苑机场去接他。梁思成也张罗租了一辆汽车去南苑机场,结果等到4点半,人仍未到,汽车只好又开了回来。

去协和小礼堂讲演以前,林徽因还与梁思成说:"志摩这人向来不失信,他说要赶回来听我的讲座,一定会来的。"正因为徐志摩的守信和如约周到的性格,将这次本来可以推迟的到达当成了一次践行承诺的实现。

南京飞往北平的"济南号"飞机。这是一架司汀逊式6座单叶9

汽缸飞机，1929年由宁沪航空公司管理处从美国购入，马力350匹，速率每小时90英里，在两个月前刚刚换了新机器。飞机师王贯一，是个文学爱好者，徐志摩搭乘他的飞机，他非常高兴。他说："早就仰慕徐先生大名，这回咱们可有机会在路上好好聊一聊了。"

副机师叫梁壁堂，他跟王贯一都是36岁，与徐志摩同龄。

南京的天气出现了好兆头，飞机起飞的时候，蓝天白云，一派万里晴空。

徐志摩心旷神怡，他喜欢飞翔的感觉，喜欢遨游天际时的自由，他曾在散文《想飞》中写到："飞上天空去浮着，看地球这弹丸在太空里滚着，从陆地看到海，从海再回看陆地。凌空去看一个明白——这才是做人的趣味，做人的权威，做人的交待。"他觉得自己是一朵白云，此刻在乘风而去。

10点10分，飞机降落在徐州机场，徐志摩突然不适，头痛欲裂，他在机场写了封信给陆小曼，不拟再飞。10点20分，飞机又将起飞了，他再看看天气依旧晴朗，心想就坚持一下，便能赶到北平了。

飞机由副驾驶员梁壁堂驾驶，王贯一同徐志摩一前一后，不停地聊着文学。飞机在云中穿梭，一朵朵洁白的云彩从他们身边擦边而过。突然，梁壁堂叫道："不好，前面有大雾。"他们一齐朝着窗外望去，飞机已被雾气团团围住，迷蒙不见任何景物。

"冲过去！"王贯一命令。

"不行，这儿有山。"梁壁堂回答。

"绕过去！"王贯一急速地说。

只听"砰"一声巨响，飞机撞在了党家庄上空的开山顶上，机身轰然起火,像一只火鸟,翩翩坠落于山下。开山,当地人叫白马山,就在津浦铁路旁边。"济南号"失事时,正被一个路警看到,等他跑到出事地点,机上的火还在燃烧。

陨落,一簇簇火焰俯冲下来!

协和小礼堂保持着精彩。

期待的身影没出现,讲课不能停下。才情和专业了得的林徽因继续将一堂建筑艺术讲座发挥得淋漓尽致。

"先生们,女士们!今天我们讲了中国的皇城建筑,在下一个讲座里,我要讲的是中国的宗教建筑,在此之前,我想给诸位读一首我的朋友写的诗:"《常州天宁寺闻礼忏声》,这首诗所反映的宗教情感与宗教建筑的美是浑然天成的。"

"我听着了天宁寺的礼忏声!

这是哪里来的神明?人间再没有这样的境界!

这鼓一声,钟一声,磬一声,木鱼一声,佛号一声……乐音在大殿里,迂缓的,漫长的回荡着,无数冲突的波流谐和了,无数相反的色彩净化了,无数现世的高低消灭了……

这一声佛号,一声钟,一声鼓,一声木鱼,一声磬,谐音盘礴在宇宙间——解开一小颗时间的埃尘,收束了无量数世纪的因果;

这是哪里来的大和谐——星海里的光彩,大千世界的音籁,真生命的洪流:止息了一切的动,一切的扰攘;

在天地的尽头,在金漆的殿椽间,在佛像的眉宇间,在我的衣袖里,在耳鬓边,在感官里,在心灵里,在梦里……

在梦里,这一瞥间的显示,青天,白水,绿草,慈母温软的胸怀,是故乡吗?是故乡吗?光明的翅羽,在无极中飞舞!

大圆觉底里流出的欢喜,在伟大的,庄严的,寂灭的,无疆的,和谐的静定中实现了!颂美呀,涅槃,赞美呀,涅槃!"

林徽因肃穆庄严的朗诵,将听众拉动了一个心境。座下都看见她嘴唇颤抖着,眼眶里涌满了泪水。

这是一次神圣的告别诉说吗?还是将约定作了心有灵犀!

回到家中,梁思成告诉林徽因,关于徐志摩未回北平的消息,已给胡适打过电话,胡适也很着急,他也怀疑途中有变故。20日早晨,胡适和林徽因分别看到了北平《晨报》刊登的消息:京平北上机肇祸,昨在济南坠落!机身全焚,乘客司机均烧死,天雨雾大误触开山。

【济南十九日专电】十九日午后二时中国航空公司飞机由京飞平、飞行至济南城南州里党家庄、因天雨雾大、误触开山山顶、当即坠落山下,本报记者亲往调查,见机身全焚毁、仅余空架、乘客一人、司机二人、全被烧死、血肉焦黑、莫可辨认、邮件被焚后,邮票灰仿佛可见、惨状不忍睹。

林徽因和梁思成赶到胡适家中,胡适声音嘶哑地说:"我这就到中国航空公司去一趟,请他们发电问问南京公司,看是不是志摩搭乘的飞机出事了。"中午时,张莫若、陈雪屏、孙大雨、钱端升、张慰慈、饶孟侃等人都来到胡适家中打听情况,电话铃声响个不停。胡适回来了。他沉痛地告诉大家,南京公司已回电,证实出事的是徐志摩搭乘的"济南号"飞机,南京公司今天早晨已派美籍飞行师安利生赶往出事地点,调查事实真相。林徽因觉得两眼一黑,昏倒在椅子上。

下午，北平《晨报》又发了号外：

诗人徐志摩惨祸

【济南二十日五时四十分本报专电】京平航空驻济办事处主任朱风藻，二十早派机械员白相臣赴党家庄开山，将遇难飞机师王贯一、机械员梁壁堂、乘客徐志摩三人尸体洗净，运至党家庄，函省府拨车一辆运济，以便入棺后运平，至烧毁飞机为济南号，即由党家庄运京，徐为中国著名文学家，其友人胡适由北平来电托教育厅长何思源代办善后，但何在京出席四全会未回。

"同时天上那一点子黑的已经迫近在我的头顶，形成了一架鸟形的机器，忽的机沿一侧，一球光直往下注，砰的一声炸响——炸碎了我在飞行中的幻想，青天里平添了几堆破碎的浮云。"徐志摩《想飞》！他在上天轻轻地诵读着……

第四章
背　影

徐志摩飞机失事后，许多人将责任的一大部分归结到了陆小曼身上。不是因为陆小曼的挥霍无度，徐志摩不必北上工作；不是因为陆小曼的多次电报催促，徐志摩不会回上海；不是因为陆小曼的任性，徐志摩不会离家回京；当然，如果不是因为和陆小曼相爱结婚，更不会有后来的种种。陆小曼是红颜祸水、"狐狸精"、不祥之人。对于这些来自各方的责问，陆小曼没有辩驳一句。没有人问，徐志摩是为什么急着回北平，回北平干什么？徐志摩的痛是什么？陆小曼的疼是什么？

一幅山水画长卷，证明了他们的前尘过往，爱与不爱。这幅由陆小曼于1931年春创作的画卷，做了最后的遗物保存了下来。这是因徐志摩的精心呵护，将画卷珍藏在了铁盒中，飞机失事才幸免于难。独独就这么地蹊跷，这副堪称陆小曼早期的代表作，风格清丽，秀润天成。徐志摩随身携带，就为了更多的名人题跋，讨得陆小曼的欢喜，计有邓以蛰、胡适、杨铨、贺天键、梁鼎铭、陈蝶野等诸人手笔。徐志摩此次进京，准备继续给爱妻惊喜，请人再题，恰好是这么一个因果缘由，让他们的爱公之于众。不得不联想到，一位爱着妻子的人，随时设身处地考虑的是妻子的欢喜和爱好，倾尽全力为她营造一次路途上的风景。

徐志摩何来不爱陆小曼？他的爱，饱满而热情，开阔而无私！

当捧着徐志摩唯一的遗物，陆小曼的悲，从徐志摩种种好处中一幕幕掠过。斯人远去，黄鹤高飞，拿什么也不能换回今生的回眸。这些百感交集，没人能真切地体会到，徐志摩的离去，对于陆小曼的打击是多么的深沉，从此，她的人生走入黄昏寂寥的暮色中。

"徐州有大雾，头痛不想走了，准备返沪。"如果他坚持了这一句话，再坚决些，他和她原本可以团聚着走下去的。这是徐志摩对陆小曼最后的话语，一封电报留言。徐志摩离去时，很凑巧的是同机三人都是36岁的年龄，当时陆小曼29岁，正值花样年华，在最美的时候随着一声《哭摩》枯萎、凋谢。

据陆小曼的表妹吴锦回忆，陆小曼多次跟她讲起当时一件奇怪的事。徐志摩坠机的那天中午，悬挂在家中客堂的一只镶有徐志摩照片的镜框突然掉了下来，相架跌坏，玻璃碎片散落在徐志摩的照片上。陆小曼预感这是不祥之兆，嘴上不说，心却跳得厉害。想却不敢深入地想，第二天一早，南京航空公司的保君健来到了徐家，真的带来了徐志摩遇难的噩耗，陆小曼当即昏厥过去。醒来后，陆小曼号啕大哭，直到泪无可流。陆小曼悲伤的程度，郁达夫是这样描绘的："悲哀的最大表示，是自然的目瞪口呆，僵若木鸡的那一种样子，这我在陆小曼夫人当初接到徐志摩凶耗的时候曾经亲眼见到过。其次是抚棺一哭,这我在万国殡仪馆中,当日来吊的许多徐志摩的亲友之间曾经看到过。陆小曼清醒后,便坚持要去山东党家庄接徐志摩的遗体,被朋友们和家里人死命劝住了。最后决定派徐志摩的儿子徐积锴(张幼仪所生)去山东接回。"郁达夫的妻子王映霞也在自己的自传中写到:"下午,我换上素色的旗袍,与郁达夫一起去看望陆小曼,陆小曼穿一身黑色的丧服,头上包了一方黑纱,十分疲劳,万分悲伤地半躺在长沙发上。见到我们,挥挥右手,就算是招呼了,我们也没有什么话好说,在这场合,说什么安慰的话都是徒劳的。沉默,一阵长时间的沉默。陆小曼蓬头散发,大概连脸都没有洗,似乎一下老了好几个年头。"

"我深信世界上怕没有可以描写得出我现在心中如何悲痛的一枝(支)笔。不要说我自己这枝(支)轻易也不能动的一枝(支)。可是除此我更无可以泄我满怀伤怨的心的机会了,我希望摩的灵魂也来帮我一帮,苍天给我这一霹雳直打得我满身麻木得连哭都哭不出来,混(浑)身只是一阵阵的麻木。几日的昏沉直到今天才醒过来,知道你是真的与我永别了。摩!慢说是你,就怕是苍天也不能知道我现在心中是如何的疼痛,如何的悲伤!从前听人说起"心痛"我老笑他们虚伪,我想人的心怎么觉得痛,这不过说说好玩而已,谁知道我今天才真的尝着这一阵阵心中绞痛似的味儿了。你知道么?曾记得当初我只要稍有不适即有你声声地在旁慰问,咳,如今我即使是痛死也再没有你来低声下气的慰问了。摩,你是不是真的忍心永远的抛弃我了么?你从前不是说你我最后的呼吸也须要连在一起才不负你我相爱之情么？你为什么不早些告诉我是要飞去呢？直到如今我还是不信你真的是飞了，我还是在这儿天天盼着你回来陪我呢，你快点将未了的事情办一下，来同我一同去到云外优游去吧，你不要一个人在外逍遥，忘记了闺中还有我等着呢！"至今许多人深信，陆小曼的才情，或许当徐志摩一生陪伴左右，他们的琴瑟合奏，真可以有一种撼动人的美丽与高度。徐志摩在世时，陆小曼很少执笔，徐志摩去世后，一直受到文学熏陶的陆小曼开始接触文字。

1932年，在海宁硖石举行的徐志摩追悼会，徐申如坚决不准陆小曼参加。陆小曼只得借挽联表达心中哀痛。

多少前尘成噩梦，五载哀欢，匆匆永诀，天道复奚论，欲死未能因母老；

万千别恨向谁言，一身愁病，渺渺离魂，人间应不久，遗文编就答君心。

这副挽联，表达了陆小曼要活下去的理由是"因母老"。活下去必须做的最重要的事情就是"遗文编就答君心。"陆小曼一生都在践行自己的诺言，编撰徐志摩遗稿，让更多的人了解徐志摩的一生和徐志摩的才情。

徐志摩的灵柩运到上海万国殡仪馆，上海文艺界在静安寺设奠，举行追悼仪式，吊唁的人络绎不绝，许多青年学生排着队来瞻仰这位中国的拜伦。

北平的公祭设在北大二院大礼堂，由林徽因主持安排，胡适、周作人、杨振声等到会致哀，京都的社会贤达和故友纷纷题写挽联、挽诗和祭文。

蔡元培的挽联是：

谈话是诗，举动是诗，毕生行径都是诗，诗的意味渗透了，随遇自有乐土。

乘船可死，驱车可死，斗室生卧也可死，死于飞机偶然者，不必视为畏途。

张歆海、韩湘眉的挽联椎心泣血：

十数年相知情同手足；一刹那惨剧，痛切肺腑。
温柔诚挚乃朋友中朋友；纯洁天真是诗人的诗人。

梅兰芳的挽联一唱三叹：

归神于九霄之间，直着噫籁成诗，更忆招花微笑貌；
北来无三日不见，已诺为余编剧，谁怜推枕失声时。

杨杏佛的挽联不胜哀痛：

红妆齐下泪,青鬓早成名,最怜落拓奇才,遗受新诗又不朽;

少别竟千秋,高谈犹昨日,共吊飘零词客,天荒地老独飞还。

庐隐和李惟建夫妇的挽联是一片手足之情:

叹君风度比行云,来也飘飘,去也飘飘;
嗟我哀歌吊诗魂,风何凄凄,雨何凄凄。

黄炎培的诗长歌当哭:

天纵奇才死亦奇,云车风马想威仪。
卅年哀乐春婆梦,留与人间一卷诗。
白门哀柳锁斜烟,黑水寒鼙动九边。
料得神州无死所,故飞吟蜕入寥天。
新月娟娟笔一支,是清非薄不凡姿。
光华十里联秋驾,哭到交情意已私。

吊唁之人哀思祭奠,没有带走徐志摩的一片云彩,化作了西天最美的晚霞。

在飞机失事的现场,赶去处理后事的梁思成,拾起一块飞机的残骸，带回家给了妻子林徽因。林徽因将这一块木头残骸悬挂在了卧室中央的墙壁上，梁思成没一句不愿意的话语，一直陪伴他们到最后。林徽因这种坦荡的做法，赢得的是梁思成的理解和支持，夫妻如此信任，难能可贵的珠联璧合。

徐志摩轻轻地走了！

他的灵魂，他的爱恨，他的故事交付给了万里长空去接纳，他挥挥手，作别了美丽的妻子、惦记他的知己朋友，留下一首首深情的诗歌诵与谁听？

"事到如今我一点也不怨，怨谁好？恨谁好？你我五年的相聚只是幻影，不怪你忍心去，只怪我无福留，我是太薄命了，十年来受尽千般的精神痛苦，万样的心灵摧残，直将我这颗心打得破碎得不可收拾，今天才真变了死灰的了，也再不会发出怎样的光彩了。好在人生的刺激与柔情我也曾尝味，我也曾容忍过了。现在又受到了人生最可怕的死别。不死也不免是朵憔悴的花瓣再见不着阳光晒，也不见甘露漫了。从此我再不能知道世间有我的笑声了。"

她的笑声再没有了玲珑般的剔透晶莹，或者她已失去了笑的姿颜。

"摩摩，你明白我，真算是透彻极了，你好像是整天钻在我的心房里似的，直到现在还只是你一个人是真还懂得我的。我记得我每遭人辱骂的时候你老是百般地安慰我，使我不得不对你生出一种不可言喻的感觉。我老说，有你，我还怕谁骂；你也常说，只要我明白你，你的人是我一个人的，你又为什么要去顾虑别人的批评呢？所以我哪怕成天受着病魔的缠绕也再不敢有所怨恨的了。我只是对你满心的歉意，因为我们理想中的生活全被我的病魔来打破，连累着你成天也过那愁闷的日子。可是两年来我从来未见你有一些怨恨，也不见你因此对我稍有冷淡之意。也难怪文伯要说，你对我的爱是 Come and true 的了。我只怨我真是无以对你，这，我只好报之于将来了。"

她将她报之于将来，一生思念他而活！

第五章
回　首

在上海中国画院保存着陆小曼刚进院时写的一份"履历",里面有这样的词句:"我二十九岁时志摩飞机遇害,我就一直生病。到1938年三十五岁时与翁瑞午同居。翁瑞午在1955年犯了错误,生严重的肺病,一直到现在还是要吐血,医药费是很高的,还多了一个小孩子的开支。我又时常多病,所以我们的经济一直困难。翁瑞午虽有女儿给他一点钱,也不是经常的。我在1956年之前一直没有出去做过事情,在家看书,也不出门,直到进了文史馆。"许多人猜想,徐志摩在世的时候,陆小曼和翁瑞午的感情关系发展到了何步骤?亲密程度超过朋友范畴否?或许,这样的一份履历可以说明一些真相。因为"小龙"陆小曼一生率真,她不会撒谎,也用不着撒这个谎来圆那些曾经的质疑。她从来不需要为某事辨别心声。人世间事,自有定数,不是靠几句申诉可以明了的。

这样一份真实的记录,时间和事实都已很明确,陆小曼因此受到外界的强烈指责。舆论之下的翁瑞午,从来没有放弃过陆小曼,一生为陆小曼看病、治病,陪她笑、陪她哭,陪她作文、作画。陆小曼对他说：我们"只有感情，没有爱情"。但是翁瑞午依旧一往情深，坚持与陆小曼走过人间的风风雨雨，从没有撒手。

胡适曾来信说，只要她与翁瑞午断交，以后一切由他负全责。陆小曼委婉地拒绝了他的要求，她当时对人说："瑞午虽贫困已极，但始终照顾得无微不至，二十多年了，吾何能把他逐走呢？"陆小曼与翁瑞午一起"生活"了二十多年，她对翁瑞午约法三章：不许翁抛弃发妻，她也不愿和翁瑞午名正言顺结婚，宁愿永远保持这种不明不白的关系，因为一则她始终不能忘情徐志摩，二则翁之发妻是老式女子，离异后必无出路。这样的约定可以看到陆小曼的为人处世，理性忠厚，善于为他人着想。

翁瑞午对小曼始终如一，坚守不离。试问，有几个男儿能做到他这样的境地？世间真情，翁瑞午演绎得朴实自然，也荡气回肠。徐志摩去世后，徐家人慢慢地就中断了对她的资助。为了供养陆小曼，翁瑞午不得不将自己的所有收藏变卖。1960年前后三年，物质奇缺，为了一包烟、一块肉，翁瑞午不惜冒着酷暑、顶着严寒排长队去设法弄到。他有一香港亲戚，时有副食品惠寄，翁瑞午也只取十分之一，余者都送给小曼。陆小曼发病，他端汤奉药，不离左右，直至1961年故世。1961年，翁瑞午临死前两天，约赵清阁和赵家璧见面，"好友"（翁瑞午）抱拳拱手地招呼他们，说道："今后拜托两位多多关照小曼，我在九泉之下也会感激不尽的。"翁瑞午去世后，翁家人依旧将陆小曼作为亲属在照看着，这种特别的关系，看起来似乎不可思议，但是，就是这么存在和发生着。

陆小曼的干女儿何灵琰出国多年后，到了老年重新看待陆小曼和翁瑞午的关系是这样说的："现在想想这个人也算多情，他对干娘真是刻意经心，无微不至。徐干爹去世后，他更是照应她，供养她。后来干娘烟瘾越来越大，人更憔悴枯槁，而翁干爹又是有妻有子的人，她给他的负担重，而他却能牺牲一切，至死不渝。细想若无翁瑞午，干娘一个人根本无法活下去。"十几二十年走过，他们早已融为一体，不是夫妻胜似夫妻，习惯成自然，谁也离不开谁。

陆小曼对待感情，一生其实都很认真、坦然。有人说过她与徐志摩的结合纯粹是恋爱游戏。但是，不管与翁瑞午关系多么密切，陆小曼都对徐志摩的感情一直专注。在结婚后，她对徐志摩的爱或许略显轻风细雨些，却是火热在心头。徐志摩在世的时候，有一段时间，一名叫俞珊的大小姐，对话剧入迷，成功饰演的角色充满性感和野性，体态也丰腴妩媚，开朗热情的性子，也惹得徐志摩格外欣赏。俞珊对陆小曼和徐志摩夫妻也很是崇拜，为演《卡门》，常来徐家请教徐志摩，两人在客厅里谈得殷勤热烈，难免会惹了陆小曼的脾气。徐志摩倒不在乎，对陆小曼说俞珊"肉感丰富"毫不在意，陆小曼想表达要徐志摩和俞珊保持距离，不要走得太拢。徐志摩反驳道："你要我不接近俞珊，这不难。可你也应该管着点俞珊呀！"陆小曼生气地说："那有什么关系，俞珊是只茶杯，茶杯没法拒绝人家不斟茶的。而你是牙刷，只许一个人用的。你听见过有和人共享的公共牙刷吗？"陆小曼的劝语幽默机智，令徐志摩难以对答。

回想起这些历历在目的往事，陆小曼与翁瑞午的情感，多了些自然的水到渠成。当初的烟榻同席，无非爱好和志趣相投罢了。翁瑞午风趣灵光，是一个极有语言志趣的人，说出的话，道出的理，东南西北不着边的随侃，正好填补了陆小曼当时的空虚无聊，两个人算找到了话题和乐子，一样的性情，也是他们一直能相处下去的重要原因。

陆小曼一生中出现的三位男人，她与翁瑞午生活最长，却是江水东流时，最低处的漩涡。两人携手同搏一种细水长流的宁静和永远，他们不要浪花四溅的辉煌，拥有本色的一个天空，这是一般人无法做到的放下。

曾经，王赓想改变陆小曼成为标准的将军太太，成为他战场大后方的一盏明灯，有包容丈夫忙碌的胸襟，有温暖如玉陪伴的细腻，有知寒问暖女性的贤惠，王赓需要一位能干的贤内助支持帮助他攀上事业的高峰，他需要一个坚强的后盾——巢。巢牢固，巢里的人安安静静地等候着他归来。

诗人浪漫，浪漫的人多是完美主义者。陆小曼在徐志摩的一生中，像一尊名贵的青瓷，有着极好的釉色，出色的胞浆，他想这瓷器灼灼灿烂，与他一起享受热烈的阳光、如水的月色，他想将瓷器的最美好展现在世人面前——有一个叫陆小曼的女子，她很完美，她是他的完美再现。他一直以为他的爱抚无间可以将瓷器润滑光泽，成为经典！他们都想改变她、改造她，成为他们想要的，需要的爱人。这，可能吗？

小曼之所以是小曼，快乐的小曼，调皮的小曼，侠气的小曼，自我的小曼，这样的小曼，当他们注定和她相遇时，她就是这样的，他们才会爱上她，进而想拥有她的全部！

她是陆小曼，她是她，她不需要改变！任何人都不行。

翁瑞午任她飞，陪她笑，陪她说，陪她到生命的婉谢，不离不弃。从1928年认识到1961年，整整28年，翁瑞午对陆小曼几十年如一日的关怀，不是妻子胜似妻子的爱，不是亲人胜似亲人的信，不是知己却超越知己的信。翁瑞午从不改变陆小曼，他心中的陆小曼，想爱的陆小曼，就是这么本色的陆小曼，没有娇柔做作，没有心眼是非，个性十足的感性女子，她为真性情而生存。翁瑞午陪她走过人生的下坡，这是一段极其艰难的行走，从没有退缩，尽管陆小曼说一直不曾爱他，垂暮人老色衰时，翁瑞午依旧作她一块宝呵护。终其认识一生，翁瑞午不曾放弃陆小曼。陆小曼喜欢画，他送她喜欢的画作；她周身病痛，他给她按摩，分文不取；她喜欢烟茶，他心甘情愿的送她；他听她诉苦，理解解忧；他关心照顾她，体贴入微；他后半生提供金钱财力，不遗余力；半生相伴，始终如一日。他不比王赓的地位，不比徐志摩的才情，他无法给予她将军夫人、诗人夫人的头衔，但是，他给她最需要的真实和自由！他从不会改变她！他们是同路人，相容和谐，相知互通。他们是一类人。

有些人将陆小曼与翁瑞午的爱称之为第四种感情。在亲情、友情、爱情之外，却又融亲情、友情、爱情为一体。如果没有遇见王赓，没有遇见徐志摩，在对的时间遇到了翁瑞午，那么，陆小曼的人生虽没有波澜壮阔，也应是小桥流水般的涓流细致，平凡生活，雅趣横生。截然不同的价值观和世界观会让爱情和婚姻产生歧路，彼此打磨后不能包容，那么必将会产生分裂，是情理之中的事情。即使徐志摩在世，他和陆小曼的婚姻真会创造出另一番洞天吗？值得咀嚼和思索，到底，他是去了，留给陆小曼的是无尽地疼。无从说起，也无从辩驳是与非，任凭光阴洗刷时间的长河，越走越清晰。

芳华隽永

第七卷 Chapter · 07

将生命交付与时间,将爱恨化作哀愁,将你我的咏唱作了隽永。

半生繁华,半生素裹。零落一地花红,在四季中流转、盛放、守望、坚持。

故事总是在争议中丰富情节,未来不断在蹉跎中寻找坐标,而一切都没有重复的演绎。就像我们的一辈子,经过的人,说过的话,做过的事,或有相同,却意义不一。思量有无,都作了花非花,雾非雾的迷蒙。

不必清醒。这世间,一切相对,又一切相融。没有对错、怨恨、喜乐,高低的标杆,参照物,一颗洁净的心去看万物生,即可!

这世界很凌乱,秩序在心中。想着到底是爱过了,这一路风景有你一段,多半是炫丽的秀色,尽管有时风有时雨,也有断线的珠儿,串不起日子的细碎,但,我们仍然可以续写一部传奇,经久不衰,那就好!

让爱成为永恒的见证,让炽热的诗意浓缩为经典,让不断有人吟诵你我的爱情故事,还有当初的誓言——

《春的投生》

昨晚上,
再前一晚也是的,
在春雨的猖狂中,
春投生入冬的尸体。

不觉得脚下的松软,
耳鬓间的温驯吗?
树枝上浮着青,
潭里的水漾成无限的缠绵;
再有你我肢体上
胸膛间的异样的跳动;

桃花早已开上你的脸,
我在更敏锐的消受
你的媚,吞咽
你的连珠的笑;
你不觉得我的手臂
更迫切的要求你的腰身,

我的呼吸投射在你的身上
如同万千的飞萤投向火焰?

这些,还有别的许多说不尽的,
和着鸟雀们的热情回荡,
都在手携手的赞美着
春的投生。

第一章
素　写

《上海文史馆馆员录》档案记载：

171——56027，陆小曼（1903－1965），别名小眉，女，江苏常州人，1956年4月入馆，擅长国画。专业绘画和翻译。当年，她加入了农工民主党，成为徐汇区文艺支部委员。后来，上海画院又吸收她当了画师。1959年，她当上了上海市人民政府参事室参事。

陆小曼前半生辉煌璀璨，后半生静默若浮莲，悄悄地吐露芬芳。

她整理编纂的《志摩日记》、《徐志摩诗选》和《志摩全集》成了文坛上一笔丰厚的财富。她实现了当初对徐志摩的承诺，又发扬了徐志摩新诗的溢彩，对后来人影响巨大。陆小曼撰写的日记《爱眉小札》、话剧《卞昆冈》（徐志摩合著），以及《哭摩》、《遗文编就答君心》等散文作品，也受到读者极大的关注和喜爱，她翻译泰戈尔等名家的诗文，尽显其才。陆小曼是优秀的，也是极有悟性的。

陆小曼一生，就才气和影响力而言，在作画上的成就最高！

陆小曼曾经师承刘海粟、贺天健、陈半丁等画画名家。真正的启蒙其实是来自母亲吴曼华的言传身教。她的学画是一个断断续续的漫长过程，没有持续的定数。到徐志摩逝世后的一段时间，才真正静下来钻研和专注。

年幼时，陆小曼跟随母亲吴曼华学习中国工笔画，由于她悟性高，很快掌握了细笔工整密体的画法，她临摹了各朝代大家的作品。宋代的院体画，明代仇英的人物画，清代沈铨的花鸟走兽画等，神韵微妙，颇有心得。

北平圣心学堂是学习西方油画的好地方，这里中西兼容，古韵今风，有着学画的好环境。陆小曼在这里主攻静物写生和风景临摹。她对中国画和西洋画作了深入有效的心得比对。中国画的基准是线条和墨团为主，辅以细碎点墨，线是中国画流韵的艺术主旋律。而西洋画是明暗的伏线，对比构成的光影，渊源于雕塑和建筑的启发和融合。西洋画极力追求真实的体现，表现形式强调色彩想象力，营造心灵的某种暗示，形成独立思考和深入探究的引线。

陆小曼作画里早期彰显的特点，既有中国画线的折射，又有西洋画光影的采集。这样的架构，使她的绘画独具特点，创作上形成了小曼式风格，彰显无与伦比的个性主义。

1925 年，陆小曼遇到了她的第一位老师，著名美术教育家刘海粟，在徐志摩的穿针引线下，收为弟子。陆小曼和刘海粟同乡，与陆家人友谊也深厚。他不但是陆小曼和徐志摩浪漫恋爱的支持者，还是半个说缘人，在陆小曼和徐志摩的感情道路上充当了重要角色。他打开了陆小曼与王赓离婚的缺口，一定程度上促成了陆徐婚姻。

刘海粟是这样回忆叙述自己与这位女弟子的认识精彩的：

他认识陆小曼，是 20 年代初期。那时他在北平暂住，胡适之、徐志摩和张歆海（志摩前妻张幼仪的哥哥）先后去看他。胡适之对他说：海粟，你到北平来，应该见一个人，才不虚此行。他问：是哪一位？胡适之严肃地答道：北平有名的王太太。你到了北平，不见王太太，等于没到过北平。在他们的怂恿下，刘海粟决定去看一看。当时他们都还是翩翩少年，脑子里罗曼蒂克的念头很多。刘海粟还特地剃了胡子，换了衣裳，胡适之虽是中式袍褂，但也很修饰。他跟着胡适之和张歆海前去，雇了三辆黄包车，在一家朱红漆的墙门前停下，进了会客室。站在他们面前的竟是一位美艳绝伦，光彩照人的少女，原来她就是蜚声北平社交界的陆小曼。

"刘先生，您请坐。"陆小曼听了胡适之的介绍，很殷勤地招待刘海粟，并且自荐地提到她学过绘画，希望刘海粟能帮助她。

"海粟，你应该收这位女弟子！"胡适之说。

"如果刘先生肯收，我就叩头了！"陆小曼银铃般的笑声，使刘海粟不安起来。

徐志摩接着就赶来了。但是奇怪，他微笑着和陆小曼打了招呼，却不说话。席间，他总是用眼神而不用嘴巴。陆小曼的父母出来，刘海粟才知道他们是常州的乡贤，且是父执。陆小曼的父母也很器重刘海粟，自然交谊深了一层。

于是，陆小曼就开始跟刘海粟学画，起初还相当认真，一阵子后，兴趣褪减，学习开始没了规律，自由散漫了。时作时辍，全凭一个兴趣和热情。自然慢慢就断续了，不了了之。

徐志摩飞机失事后，陆小曼按照徐志摩寄予她的希望，选择了学习画画，并拜入贺天健门下学习山水。

贺天健，别署纫香居士，江苏无锡人，寓上海。为中国画会创办人之一。主编《国画月刊》。少孤贫，性耿直怪癖，初从孙云泉习肖像画，后改习山水，从吴历、王翚入手，兼习原济、髡残，从而远追王蒙、黄公望、李唐、夏圭、梁楷、法常等，并受新安派梅清和浙派戴进、吴伟的影响。重视师法造法，遍历名山大川，提出"甄陶天机，融化物我"，要仰俯天地之大，不能局促于"南北宋"。博采众长，丰满自己。精诗文画理，主张山水画应于理性谨严之中，具有精神活泼之概。画风雄奇阔达。用笔纵横畅爽，泼辣奔放，善用水墨，层层敷染，沉厚饱满，仿佛淋漓犹湿；设色讲究层次，善用复色。青绿山水尤见专长，自成面貌。书法挺峻雄强，笔势劲利，得北魏《张猛龙碑》和《龙门十二品》神骨。陆小曼投入贺天健门下，便谢绝了一切社会交际，一心执笔抒发，振作精神，开始人生新篇章。陆小曼择贺天健为师，是与贺天健擅长传统山水和深厚功力分不开的。贺天健是严谨的人，不但对作画，对于陆小曼学习绘画的习惯也作了要求，他怕陆小曼再半途而废。老师上门，杂事丢开；专心学画，学要所成；每月学费五十大洋，中途不得辍学。

贺天健每周两次上门教画，老师的严格，约束力的管制，加上陆小曼本身自发学习态度的扭转，两年时间，进步飞速，这是她认真作画、潜心钻研、系统集中的结果。陆小曼主攻山水，作画讲究浑然天成，秀丽润泽。陆小曼因病不能长足户外，将心向大自然的渴望，表现在了山河锦绣中，更有一份不可多得的淳朴之心跃然于笔墨间。

著名画家陈半丁也是陆小曼的老师。

陈半丁，字半丁，一作半痴，又字静山，浙江绍兴人，居北平。

工画山水、人物、花卉,以花卉见长。初得任伯年、吴昌硕两家之传,后吸收明清诸家画法,具有秀润苍古之趣。兼善摹印,师法吴昌硕。

陆小曼先师承于三个名家,各取所长,对于她的绘画风格的形成和精工细作起到了很重要的点拨作用。

徐志摩飞机失事后唯一的遗物,陆小曼那一幅山水长卷。那是徐志摩托了邓以蛰为之装裱。装成后,邓以蛰为其加跋说明。而后,不断有名家加入题跋的行列。他们对陆小曼这幅长卷,展开了一次有意无意的大研讨,随之下来题跋的是胡适,他题下了:"画山要看山,画马要看马,闭门造云岚,终算不得画。小曼聪明人,莫走这条路。拼得死工夫,自成其意趣。小曼学画不久,就作这山水大幅,功力可不小!我是不懂画的,但我对于这一道却有一点很固执的意见,写成韵语,博小曼一笑。适之,二十(一九三一)、七、八,北平。"胡适观点鲜明,就是作文作画别闭门造车,走进生活社会中去体悟,才会有更好的感觉。而杨杏佛读后,他与胡适之唱反调,展开自己的观点:"手底忽现桃花源,脑中自有云梦泽;造化游戏成溪山,莫将耳目为桎梏。小曼作画,适之讥其闭门造车,不知天下事物,皆出意匠,过信经验,必为造化小儿所笑也。质之适之,小曼、志摩以为何如?二十年(1931年)七月廿五日。杨铨。"在此诗中,杨杏佛提出的精髓是不能过信经验之谈,他驳了胡适看法。

接下来,便是陆小曼师傅的批语了:"东坡论画鄙形似,懒瓒云山写意多;摘得骊龙颔下物,何须粉本拓山阿。辛未(1931年)中秋后八日,天健。"这也是针对胡适的论点而言的。

现代画家梁鼎铭接着在题词中写道："只是要有我自己,虽然不像山、不像马,确有我自己在里,就得了。适之说,小曼聪明人,我也如此说,她一定能知道的,适之先生以为何如?"他也发表了自己的观点和看法,与胡适同感。

陈蝶野在题跋中发表了自己的见解:"今年春予在湖上,三月归,访小曼,出示一卷,居然崇山叠岭,云烟之气缭绕楮墨间,予不知小曼何自得此造诣也。志摩携此卷北上,北归而重展,居然题跋名家缀满笺尾,小曼天性聪明,其作画纯任自然,自有其价值,固无待于名家之赞扬而后显。但小曼决不可以此自满,为学无止境,又不独为画然也。蝶野。"这是对陆小曼作画最中肯的评价,陆小曼这幅长卷,好在自然而为,无过多雕琢之意,这也是陆小曼一直做人做事作画的风格,蝶野先生一言即中,非凡功力。题后他又画一张猫蝉小幅,题有"两部鼓吹"、"蝶道人戏笔"诸字。在画上标示画于1931年春。

正是这部长卷,掀起了众名家的热议,后又因徐志摩的骤然出事,赋予了对它的更多遐想和追捧。她是陆小曼一生的代表物之一。

第二章 飞　扬

　　陆小曼一生不知柴盐油米贵，但是毫无收入的她也会感觉到日子没着落，毕竟，有家资和有进项，远比等待有人接济，做吃他人的饭食好。但是，她一个弱女子，哪有就业的机会，或者根本就没有适合她的职业，她也不会走出家门挣这份钱。唯有的最大特长就是画画。

　　徐志摩过世后的两个月之内，陆小曼为了冲淡埋藏心中的哀伤和痛苦，天天沉浸于画室中。并将作品送去扇画展览，她的画品受到一些收藏家的青睐，也能卖到10～16元的银洋，一周就销售而空，还有外省的前来预定，这个她带了新的精神支持。

　　1934年，冯文凤、李秋君、陈小翠、顾青瑶、杨雪玖、顾默飞、吴青霞等发起成立"中国女子书画会"。其中当有周炼霞、谢月眉、唐冠玉、虞澹涵、包琼枝、丁君碧、徐慧、余静芝、鲍亚晖、谢应新、杨雪瑶、庞左玉等人，陆小曼也应邀参加，会员达150余人。她们大都出身翰墨世家，是当时的社会名媛，力争男女平等。她们编辑出版刊物，举办各类画展，组织画会诗社，互相唱和赋诗作词。因此，报刊上常常有她们的动态报导。这是旧中国唯一的女子书画团体。追溯更早一些时候，陆小曼也是发动者之一。

十年磨一剑！陆小曼在徐志摩去世十年后，潜心作画，终于有所成。

1941年春，中国女子书画会在上海大新公司楼上举办了"陆小曼画展"，展出作品100多幅。在画展中可以看到陆小曼师承历代名家的风格，她擅画水墨山水，意境通幽，清远高疏，笔淡墨简，却又有温润厚重、浑然天成的自然之色。取材江南景致，园林楼亭，笔触也坚挺豪放，有温雅点缀，细笔慢耕，独具匠心个性。画展非常成功，收到观摩者的好评。1941年年底，因日本侵略者进入上海共租界，中国女子书画会一度停止活动，直到战后也没再举办个人画展。

解放初期，在著名画家钱瘦铁等举办的一次画展上，陆小曼也展出了她的画作。她没有想到，这几张画竟改变了她后来的生活境遇。

画展那天，酷爱书画的上海市市长陈毅也来到了现场，他凝视着陆小曼的画，觉得十分清新，就问身边的人员："这画很好嘛！她的丈夫是不是徐志摩？"便有人告诉他，这几幅画的确是徐志摩的夫人陆小曼的作品。陈毅于是对在场的人说："我曾有幸听过徐志摩先生的讲课，我是他的学生，陆小曼应是我的师母了。"非常诧异沉寂多年的陆小曼居然还在，并且绘画如此出色，得知陆小曼就住在上海，生活艰辛无着落。陈毅就说："徐志摩是有名的诗人，陆小曼也是个才女，这样的文化老人应该予以照顾。"不久，上海中国画院的一名画师，上海文史馆馆员的"头衔"，虽然是个虚职，但每月至少有几十块钱可拿，使陆小曼有了稳定的收入，生活得到了保障。

陆小曼一直有股侠气和正气，她对军阀、政客尤其厌恶，在国民党统治时期，她对国民党的腐败统治更是反感。抗战期间，陆小曼没有离开过上海，也没有与"敌伪"来往。她坚持了一个正直、爱国的中国人的原则立场。新中国成立后，对于陆小曼来说，可谓获得了重生。她看到了中国的希望，她认为只有在中国共产党的领导下，中国才能有光明的前途。那时，她已年近半百，但是她决心抖擞精神，离开病榻，走出卧室，为国家、为人民做一些力所能及的事。这次画展，党和政府领导人的关怀，无疑极大地鼓舞了陆小曼的人生信念。

1949年、1955年陆小曼以优异的绘画水平，两次入选全国美术展。1958年，陆小曼加入上海市美术家协会。1959年，她还有幸被全国美协评为"三八"红旗手。1964年秋，她又投入精力，为成都杜甫草堂画了四幅条屏山水，广受好评。

陆小曼传世画作约有100余幅，分别收藏于上海中国画院、上海博物馆、浙江省博物馆、海宁市博物馆和私人收藏者手中。其中精品佳作有《江边绿阴图》、《寒林策杖图》、《太似石溪山居图》、《黄山烟云图》（与孙鸿合作）、《红樵图》、《黄鹤楼图》、《武夷山疗养院》、等。

作为诗人的妻子，陆小曼在徐志摩去世后，循着他的步伐，也开始了学习创作诗歌。她拜汪星伯学诗，借此打发时光和思念志摩。为了纪念对志摩的爱，她常年供奉鲜花在志摩的遗像前。在志摩去世的两年后，陆小曼去了一趟浙江海宁硖石为徐志摩扫墓。想到人在面前，却天河永隔，再也相见重拾之好，陆小曼心有伤情，便化作了一首怆然泪下的诗歌：

肠断人琴感未消，此心久已寄云桥。

年来更识荒寒味，写到湖山总寂寥。

陆小曼的爱恨，都化羽了最美的山水间。她徜徉在生命的追寻中。

她的情，朴实无华。她是一个时代的活脱脱的叛逆者。她让许多人看到了人性的解放，自由的内心，她在最高处插上了一杆解放包办婚姻的大旗！

她的爱，勇敢无他。陆小曼一生敢爱，为爱，懂爱。她与志摩的爱情，成为了一个美丽的神话，炫丽短暂，却令无数人心动不已。

她的真，真在她想的，说的，做的，为的，所有的一切，都表里如一！

或有人提及她的命数，与她结婚的两个男人，一个在离婚后，半生晦暗不振，早早地得病离世。一个在结婚后，为生活忙忙碌碌，失去了诗意的栖息，而后英年陨落。他们都说，陆小曼红颜祸水，他们也说，陆小曼，你是"狐狸精"。也有人说，陆小曼是"小龙"，是真正的仙子龙女，她为爱为情在世间走一遭罢了。谁是她的真命天子都不重要，她始终要历经劫难后回到天上去。

第三章
秋　叶

一声声的狂吼从东北里

带来了一阵残酷的秋风,

狮虎似的扫荡得

枝头上半枯残枝

飘落在蔓草上乱打转儿,

浪花似的卷着往前直跑

你看——它们好像已经有了目标!

它们穿过了鲜红的枫林:

看枫叶躲在枝头飘摇,

好像夸耀它们的逍遥?

可是不,你看我偏不眼热!

那暂时棲(栖)身,片刻的停留;

但等西北风到,它们

不是跟我一样的遭殃,

同样的飘荡?不,不,

我还是去寻我的方向。

它们穿过了乱草与枯枝,

凌乱的砾石也挡不了道儿;

碧水似的秋月放出了

灿烂的光辉,像一盏

琉璃的明灯照着它们,

去寻——寻它们的目标。

那一流绿沉沉的清溪,

在那边等着它们去洗涤

满身沾染着的污泥;

再送到那浪涛的大海里,

永远享受那光明的清辉。

志摩去世后,陆小曼身体更加虚弱,汤药一直陪伴着她的日子。

到了晚年,常住院。一次,正好碰见老师刘海粟,他们的关系实际亦师亦友,很自然地感慨万千,两人谈起了过往遥远的故事,说起了在天国的志摩已有三十余载了,还有许多历历在目的情景。那些年那些人那些事,无不透露着酸疼和辛苦,如何再提曾经?

1965年4月3日,一代才女、旷世美人陆小曼在上海华东医院过世,享年63岁。

临终前,她嘱咐堂侄女陆宗麟把梁启超为志摩写的一副长联以及她自己的那幅山水画长卷交给志摩的表妹夫陈从周先生，《徐志摩全集》纸样则给了志摩的堂嫂保管。这样，徐志摩的所有，又回到了徐家，辗转多年，这个句号，陆小曼圈点得多么艰难和无奈。踏不进徐家的祠堂，灵魂该往何处？

陆小曼灵堂上，只有一副挽联，跟徐志摩死时几十副挽联并列、几处设有悼唁现场的壮观情形不可同日而语。陆小曼过世的时候，正逢"文化大革命"的前夕，山雨欲来风满楼，文人更为敏感，觉出气氛不对，不知未来会是什么结局，谁也不想落下额外的文字话柄，添了麻烦。灵堂上唯一的一副挽联是由王亦令撰写的：推心唯赤诚，人世常留遗惠在；出笔多高致，一生半累烟云中！喧闹的来，她是"小龙"；静静地去，她依旧是"小龙"。一个有着赤诚之心的女子，无论来去，都有一道七色的虹，闪烁着斑斓的想象，任凭眺望。

与志摩陪伴携手，也许是小曼最后的梦！

起初，她的骨灰一直未安葬，暂寄在某处。当时只有小曼的表妹吴锦约人一起去骨灰盒寄存处凭吊过。不久开始了"文化大革命"，被林彪、"四人帮"操纵的造反派和红卫兵能把一切都颠倒过来，活人被"踹上一脚，永世不得翻身"，而死人枯骨也得一个个从泥土里获得了"翻身"。在这种情况下，小曼如何下葬？何况，她无一儿半女的后人。

陆小曼想葬到硖石徐志摩墓旁的遗愿，因种种原因未能实现。

好友赵清阁在回忆陆小曼的文章中提到此事还耿耿于怀：1965

年的4月2日（注：应为3日），陆小曼默默地带着幽怨长眠了。她没有留下什么遗嘱，她最后一个心愿就是希望与志摩合葬，而这一心愿我也未能办到。我和她生前的老友张奚若、刘海粟商量，张奚若还向志摩的故乡浙江硖石文化局提出申请，据说徐志摩的家属——他与前妻张幼仪生的儿子徐积锴不同意。换言之，亦即中国半封建的社会意识不允许！

1988年，由陆小曼的堂侄——台湾的陆宗出资，和陆小曼的另一个堂侄陆宗麒以及和陆小曼晚年密切来往的堂侄女陆宗麟一起，在苏州东山华侨公墓建造了纪念墓，墓碑上书"先姑母陆小曼纪念墓"，墓上还有一张陆小曼年轻时的相片，脸上露着灿烂的笑容，旁边青松环绕。同时建的还有陆小曼父亲陆定、母亲吴曼华的纪念墓。至此，这位坎坷一生、众说纷纭的不幸女子最后总算画上了一个不是心愿的句号，她在九泉下也可以瞑目了。

爱你的身体，更爱你的灵魂（志摩日记）

八月十九日（节选）

"真爱不是罪（就怕爱而不真，做到真字的绝对义那才做到爱字），在必要时我们得以身殉，与烈士们爱国，宗教家殉道，同是一个意思。你心上还有芥蒂时，还觉得"怕"时，那你的思想就没有完全叫爱染色，你的情没有到晶莹剔透的境界，那就比一块光泽不纯的宝石，价值不能怎样高的。昨晚那个经验，现在事后想来，自有它的功用，你看我活着不能没有你，不单是身体，我要你的性灵，我要你身体完全地爱我，我也要你的性灵完全地化入我的，我要的是你的绝对的全部——因为我献给你的也是绝对的全部，那才当得起一个爱字。在真的互恋里，眉，你可以尽量、尽性地给，把你一切的所有全给你的恋人，再没有任何的保留，隐藏更不需说；这给，你要知道，并不是给，像你送人家一件袍子或是什么，非但不是给掉，这给是真的爱，因为在两情的交流中，给与爱再没有分界；实际是你给愈多你愈富有，因为恋情不是像金子似的硬性，它是水流与水流的交抱，有明月穿上了一件轻快的云衣，云彩更美，月色亦更艳了。眉，你懂得不是，我们买东西尚且要挑剔，怕上当，水果不要有蛀洞的，宝石不要有斑点的，布绸不要有皱纹的，爱是人生最伟大的一件事实，如何少得一个完全；一定得整个换整个，整个化入整个，像糖化在水里，才是理想的事业，有了那一天，这一生也就有了交代了。

眉，方才你说你愿意跟我死去，我才放心你爱我是有根了；事实不必有，决心不可不有，因为实际的事变谁都不能测料，到了临场要没有相当准备时，原来神圣的事业立刻就变成了丑陋的顽笑。

世间多的是没志气的人，所以只听见顽笑，真的能认真的有几个人；我们不可不格外自勉。

我不仅要爱的肉眼认识我的肉身，我要你的灵眼认识我的灵魂。"

陆小曼和徐志摩灵与魂的结合,他们在相逢中会道一句:"哦,原来你在这里吗?!"

他们,便会扑进一条河流,沐浴爱情的初生!

陆小曼年表及事件

·早期经历

1903年农历九月十九生于上海南市孔家弄,籍贯常州。

1908年(6岁)在上海上幼稚园。

1909年(7岁)随母亲赴北平依父度日。

1910年(8岁)就读于北平女子师范大学附属小学。

1912年(10岁)就读于北平女中。

1918年(16岁)入北平圣心学堂读书。

1920年(18岁)精通英文和法文,被北洋政府外交总长顾维钧聘用兼职担任外交翻译。

1921年(19岁)开始名闻北平社交界。

·职业经历

1927年(25岁)1月因江浙战争起,与徐志摩转上海定居,并与翁瑞午相识。3月与徐志摩回硖石扫墓,并与徐志摩、翁瑞午游西湖。12月6日出演《玉堂春——三堂会审》,任苏三一角。同时受《福尔摩斯小报》污蔑困扰。

1928年(26岁)7月陆小曼与徐志摩合著的《卞昆冈》发行。

夏与徐志摩、叶恭绰共游西湖。

1929年（27岁）参与中国女子书画会的成立筹备工作。5月接待泰戈尔。6月与翁瑞午等人游"西湖博览会"。

1931年（29岁）从贺天健和陈半丁学画，从汪星伯学诗。

1933年（31岁）整理徐志摩的《眉轩琐语》，在《时代画报》第三卷第六期上发表。清明独自一人到硖石给徐志摩扫墓。

1936年（34岁）加入中国女子书画会。

1941年（39岁）在上海大新公司开个人画展。

1956年（54岁）4月受到陈毅市长的关怀，被安排为上海文史馆馆员。入农工民主党，担任上海徐汇区支部委员。

1958年（56岁）成为上海中国画院专业画师，并参加上海美术家协会。

1959年（57岁）任上海市人民政府参事室参事。被全国美协评为"三八红旗手"。

1965年（63岁）4月3日在上海华东医院逝世。

1988年，由陆小曼的堂侄——台湾的陆宗出资，在苏州东山华侨公墓建造了纪念墓，墓碑上书"先姑母陆小曼纪念墓"，墓上还有一张陆小曼年轻时的相片，旁边是陆小曼父亲陆建三（陆定）、母亲吴曼华的纪念墓。

· **家庭背景**

陆小曼：陆小曼的祖先原在常州樟村，即晋陵（常州）樟村陆氏宗祠（今常州戚墅堰区丁堰），为书香门第，后定居市内白马三司徒。白马三司徒即今常州天宁区白马巷,陆小曼常回故乡省亲看望在白马巷71-3的舅舅吴安甫和表弟吴一鸣。清咸丰、同治年间,陆小曼祖父陆荣昌因避"长毛"(即太平天国)之乱迁居上海,陆荣昌之兄陆荣俊则迁居到武进僻壤的埠头镇(今常州武进区湟里镇,又名杨柳埠)。

父亲陆子福(1873-1930),字厚生,改名为陆定。陆定,又字静安,号建三,晚清举人,日本早稻田大学毕业,历任司长、参事、赋税司长等二十余年,是国民党员,也是中华储蓄银行的主要创办人。

母亲吴曼华,小名梅寿,是常州白马三司徒中丞第吴耔禾之长女,上祖吴光悦(常州吴氏中丞第的主人),做过清代江西巡抚。她多才多艺,更擅长一手工笔画,陆小曼嗜画,受其母亲影响至深。"小曼"两字也来源于母亲。

陆小曼前后还有八个兄弟姐妹全都不幸夭折,父母更是将万千宠爱都给予她一身。

· 婚姻生活

1922年(20岁)离开圣心学堂,与王赓结婚。

1924年(22岁)出演《春香闹学》,结识徐志摩,并与之恋爱。年底,翻译意大利戏剧《海市蜃楼》。

1925年(23岁)年初,与徐志摩进入热恋,8月,拜刘海粟为师学画。年底,与王赓离婚。

1926年(24岁)8月14日,与徐志摩订婚。10月3日,在梁启超的证婚下，陆小曼与徐志摩在北平北海公园举行了婚礼。10月，与徐志摩南下上海。11月，与徐志摩在硖石小住。

1931年（29岁）11月19日，徐志摩乘坐的飞机失事去世，时是36岁。留下的唯一完整的遗物，是陆小曼的一幅山水画卷。

1938年（36岁）徐志摩去世七年之后，开始与翁瑞午同居。

· 文化影响

戏剧：她与徐志摩合作创作《卞昆冈》五幕话剧引起很大反响。她又很能演戏，谙昆曲，也能演皮黄，曾出演《春香闹学》、《思凡》、《汾河湾》、《贩马记》、《玉堂春》等剧，在北平和上海名动一时。她能写小说。曾与王令之合作改编了列国志故事《河伯娶妇》；她写的小说《皇家饭店》描写细腻、技巧新颖。

文章：她写的《哭摩》、《遗文编就答君心》等散文，哀怨清丽，人们争相传阅。她与徐志摩分离时互写的日记《爱眉小札》，极尽缠绵相思之苦，文笔优美淡雅含蓄，非浮躁华丽文字可比拟。

诗词：她的古体诗和新诗都写得很出色，目前存世的诗歌虽不过十多首，也已能充分显示她深厚的古文功底和扎实的文字修饰能力。

翻译家：早期年轻时在外交部任口头翻译，印度伟大诗人泰戈尔来华时住在徐志摩家，她任翻译。晚年从事文字翻译，曾译意大利戏剧《海市蜃楼》、《泰戈尔短篇小说选》、艾米丽·勃朗台的自传体小说《艾格妮丝·格雷》。

画家：她师从刘海粟、陈半丁、贺天健等名家。1936年参加了中国女子书画会，1941年在上海开个人画展，晚年被吸收为上海中国画院专业画师，上海美术家协会会员，曾参加新中国第一次和第二次全国画展。有人评价她的画说："陆小曼的画不是最好，但最有名。"傅抱石评价晚年的陆小曼是这样说的："陆小曼真是名不虚传，堪称东方才女，虽已年过半百，风采依旧。"

·代表著作

《小曼日记》

《卞昆冈》（与徐志摩合著）

《哭摩》

·人物评价

徐志摩说："一双眼睛也在说话，晴光里漾起心泉的秘密。"

胡适说："陆小曼是一道不可不看的风景。"

刘海粟对陆小曼的才华的评价："她的古文基础很好，写旧诗的绝句，清新俏丽，颇有明清诗人的特色；写文章，蕴藉婉约，很美，又无雕凿之气。她的工笔花卉和淡墨山水，颇见宋人院本的传统。而她写的新体小说，则诙谐直率。她爱读书，英法原文版小说，她读得很多。"

郁达夫说："陆小曼是一位曾震动20世纪20年代中国文艺界的普罗米修斯。"